A Vida dos Livros

Vol. 2

Thereza Christina Rocque da Motta

A Vida dos Livros

Autor e editor na experiência editorial

Vol. 2

Ibis Libris
Rio de Janeiro
2018

Editora: *Thereza Christina Rocque da Motta*
Design de capa e miolo: *Sergio Pereira* (sergio@novidea.com.br)
Fotos: *Paulo Batelli*

1ª edição em agosto de 2018.

Dados Internacionais de Catalogação na Publicação (CIP)
Angélica Ilacqua CRB-8/7057
contato@efichas.com.br

V921v

Motta, Thereza Christina Rocque da, 1957-
A vida dos livros : autor e editor na experiência editorial. Vol. 2 / Thereza Christina Rocque da Motta. – Rio de Janeiro : Ibis Libris, 2018.
146 p.; 14 x 21cm.

ISBN 978-85-7823-312-9

Impresso no Brasil
2018

Email do autor: tcrmotta@gmail.com

Ibis Libris Editora Ltda. – ME
CNPJ 09.238.097/0001-40
Rua Pereira Nunes, 396 / 1.701
Vila Isabel – Rio de Janeiro – RJ
CEP 20.541-022
Tel.: 21-3546-1007

ibislibris.loja2.com.br
ibislibris@gmail.com

Associada à LIBRE.
www.libre.org.br

Para Angel Cabeza
continuar sua vida entre os livros.

Para Kyanja Lee,
por revisar livros irrevisáveis.

Para Deborah Quintal,
por me lembrar a citação de Lobato.

Para Leandro Müller,
que segue ombro a ombro a saga dos livros.

Para Valéria Martins,
que recomenda A vida dos livros para seus novos autores.

Para Rosane Nunes e Marcia Naidin,
por serem editoras de Raiz.

Para Deonísio da Silva,
por nos ensinar as palavras.

Para Denise Bottmann,
por ser "bótima".

Para Rui Campos,
por transformar suas livrarias em lugares de estar.

O RATO
ANDRZEJ ZANIEWSKI
SAMONISTAS
INTELIGÊNCIA NO UNIVERSO
GALLIANO
INTRODUÇÃO À SOCIOLOGIA
A FORÇA DA PALAVRA
O BRASIL DA S
IACOCCA
Seventeenth-Century Interior Decoration in England, France & Holland

A luta contra o erro tipográfico tem algo de homérico. Durante a revisão os erros se escondem, fazem-se positivamente invisíveis. Mas, assim que o livro sai, tornam-se visibilíssimos, verdadeiros sacis a nos botar a língua em todas as páginas. Trata-se de um mistério que a ciência ainda não conseguiu decifrar.

Monteiro Lobato

TUDO
Tarsila
Bia Bedran

SUMÁRIO

LIVROS PARA A VIDA INTEIRA

Escrevemos para a vida inteira. Tudo o que buscamos dizer e escrevemos, permanece inscrito como um mapa da mina, o esconderijo de um tesouro, a caverna de Ali Babá. É uma relíquia até para nós mesmos, quando nos esquecemos. "Fui eu que escrevi isto?" Há memórias que se vão se não forem registradas. Às vezes, alguém nos lembra de algo que dissemos e nós mesmos não sabemos mais.

Quando escrevemos, fazemos isso para nos lembrar. Ou sermos lembrados. A palavra escrita é a única que guarda toda a energia e significado de suas letras. Se forem misturadas, continuarão a querer dizer a mesma coisa. Não importa a língua, as letras contêm o código do conhecimento humano, uma imagem simbolizada, ou o símbolo da imagem que foi registrada ali, um dia. Através desse símbolo, temos um som e um significado, que por mais que se tenha perdido, permanece implícito na palavra.

A letra R, por exemplo, foi traçada a partir da imagem de um rosto e o L, a partir da silhueta de um homem caminhando apressado, com a cabeça arremessada para frente, em movimento. Toda palavra que se inicia com R ou L terão o significado dessas letras embutido em seu sentido. A soma das letras traz o significado da palavra em essência, mesmo que tenha ganhado outra acepção com o tempo.

Essa energia contida nas palavras e o conteúdo do texto como um todo, a materialização do pensamento humano gera uma onda que toma todo o livro, o autor e leitor num uníssono, que se reproduz ad aeternum. Escrever tem essa genialidade. Trazer para quem lê toda a carga de energia do que é dito. Toda ideia tem o poder de mil sóis. A explosão de seu significado jamais se extingue, reverbera como a luz se propaga pelo espaço.

Buscamos a permanência e esta é a nossa. As ideias só continuam se forem repetidas, relidas, revistas, revisitadas. Uma paisagem descrita em um livro é uma paisagem rememorada mil vezes. Ainda ecoa em mim a leitura que fiz aos quinze anos de "Olhai os lírios do campo", de Érico Veríssimo. Ou a descrição do sertão em "Fogo morto" e "Menino de engenho", de José Lins do Rego. Um livro acompanha uma pessoa por toda a vida depois de lido.

Os contos da Condessa de Ségur, as Reinações de Narizinho e as Caçadas de Pedrinho, as Fábulas de La Fontaine, as Histórias de Andersen e dos Irmãos Grimm, desde "A Princesa e a Ervilha" e "O Patinho Feio" a "Chapeuzinho Vermelho" e "Cinderela" se repetem continuamente criando o leitmotiv de toda a minha vida.

Ao repetir as palavras que pronunciamos, mesmo no silêncio de nossos pensamentos, entendemos que nascemos para falar de nossa compreensão aos que virão. Assim são escritos os poemas, os contos, os romances, os livros de autoajuda - para ajudar a compreender. Tudo o que procuramos pode estar num livro. Encontre-o. Senão, ele o encontrará.

Rio de Janeiro, 11/06/2010 - 20h18

HISTÓRIAS DE LIVROS

Cada livro tem uma história. Uma história única que só conhecemos se convivermos com o livro de perto. Essa convivência nasce no dia a dia com o autor, com o processo de edição, durante o fazimento do livro, trazendo-o a lume. Há livros que precisam ser refeitos, cuja primeira tentativa de imprimi-los não dá certo e, ao refazê-los, renasce como se fosse a primeira vez. Há histórias tristes, há histórias felizes, há um mistério insondável de por que as coisas acontecem assim. Há traduções que se arrastam, há revisões que não terminam, há romances que não se concluem, ou textos que nunca são escritos. Há também gráficas que não acertam um livro, ou têm que fazê-lo pelo menos duas vezes. Isso é normal? Há autores que precisam dar meia-volta e reimprimi-lo. São as histórias de livros que enchem a minha vida.

Em um deles, um mosquito ficou preso na hora da gravação da chapa de um caderno. Ficou a manchinha das asas como uma sombra acima do texto. Em trinta anos, nunca tinha visto isso. Tivemos de reimprimir aquele caderno duas mil vezes. Ainda houve outro livro impresso no papel errado: ou seja, tivemos de reimprimir tudo de novo no papel certo. E a impressão errada teve de ser destruída. Ainda me ligaram para perguntar se eu queria aproveitá-la. "Não, pelo amor de Deus, me livre disso".

Há livros que são risíveis, outros, uns transtornos. Mas sempre a lembrança de fazê-los é uma saga. Muitas dessas histórias nunca chegam aos ouvidos do autor. Se ele as ouve, fica desesperado, e é nessas horas que é preciso ter toda a calma do mundo.

Há livros impressos ou cortados errados que voltam para a gráfica sem discussão. E ainda tentamos salvar alguns para o lançamento. Por isso nunca me falem em lançar livros antes que aportem em segurança, sãos e salvos e em perfeito estado.

E os livros condenados ao abandono, impressos, e sem ter para onde ir? Quando o autor pensa num livro, ele pensa em um exemplar, não em mil guardados debaixo da cama. Por isso que a impressão sob demanda ganhou força. E os e-books estão invadindo o mercado. Não há mais lugar para estocar.

Conviver com livros, guardá-los, lê-los, compartilhá-los, emprestá-los, doá-los para bibliotecas, saber que um dia será lido por alguém que não tem livros em casa. Certa vez, ouvi a pergunta: "Por que você tem tantos livros?" Interessante. Perguntei de volta: "Por que você não os tem?". Histórias de livros são histórias de pessoas que escrevem e leem livros. Há tantos romances que giram em torno de um livro. Em "O nome da rosa", Umberto Eco criou um suspense por causa de um livro que não podia ser lido. "A menina que roubava livros" tornou-se best-seller. Outra história em torno de livros.

Tenho por hábito ler antes de dormir, levar livros em viagem, procurar livros interessantes numa livraria ou num sebo, comentar livros que li, traduzi-los, revisá-los e escrevê-los. A convivência com livros faz com que tenhamos sempre algo para ler à mão, como uma boa companhia, alguém que escolhemos para estar conosco.

Livros aproximam pessoas, torna-nos íntimos de nossos autores favoritos, faz com que os citemos de cor, de tal forma que apreciamos o que eles escreveram. Podemos não ter lido toda a obra de um autor, mas saber que ainda há coisas dele para ler é como antecipar um encontro com um amigo que desejamos muito reencontrar. E ainda há os novos autores que querem entrar para este mundo de escritores, editores e leitores, pessoas tão seletivas quanto bebedores de chá, sommeliers ou estilistas. Os livros encerram infinitas histórias e nem todas tivemos ainda tempo de contar.

Rio de Janeiro, 11/06/2010 - 21h42

UM LIVRO PUXA OUTRO

De cada amigo a quem pergunto que livro foi importante em sua vida, recebo uma lista diferente. Há livros que são unanimidade, mas há outros dos quais nunca ouvi falar.

Que bom que meus amigos têm tempo para ler. Eu sei que leitura se cria e se copia. Minha mãe, quando era pequena, caçula de seis irmãos, ao ver todo mundo lendo, carregava um livro debaixo do braço só para dizer que também estava lendo. "Já li até aqui, ó!", dizia, mesmo que não tivesse lido.

Ler dava status. E ainda dá. Quando eu tinha oito anos, a televisão de válvula quebrou. E como não havia como consertá-la, por ser importada, minha mãe aproveitou para aboli-la. A TV tinha programas que ela considerava inaceitáveis, e não queria ver meu irmão caçula repetindo as gracinhas do Lilico. Assim, televisão banida, os livros entraram na pauta do dia. "Leiam o que quiserem, está tudo aí".

Eu segui o conselho dela e me pus a folhear os livros que estavam na estante. Mamãe tinha o hábito de sublinhar as passagens mais interessantes, então, eu, para encurtar a história, lia só o que estava sublinhado, os highlights, o que realmente valia a pena. Mas isso foi um primeiro passo para ler o que estava entre as partes sublinhadas. Foi assim que li de Hermann Hesse, "O Lobo da Estepe" e "Demian", muito populares na época, entre outros.

Papai, da mesma forma, era um aficionado por livros. Um dia, perguntei a ele se havia lido todos os livros que tinha em casa, e ele me respondeu muito simplesmente que não. Que nem sempre se lê um livro todo, às vezes, a informação pode estar na orelha, na introdução, ou em uma parte que se abre ao acaso.

Outra história que me ensinou sobre livros foi o

conto "Felicidade clandestina", de Clarice Lispector. Ali ela fala do livro como algo transcendental. O conto, além de muito sintético, expressa de forma vívida a experiência de se segurar um livro. "Um amante", ela o chama no final. Sim, livros podem se tornar amantes. Os livros que temos avidez para ler, em que cada página é uma descoberta.

Livros de poesia eu leio inteiros. Se o livro for bom, lerei todos os poemas de uma vez. De uma talagada só. Se não for, irei parar de ler onde deixou de ser bom. Assim li vários poetas de uma vez: Hilda Hilst, Afonso Henriques Neto, Olga Savary, Astrid Cabral. Esses eu leio sem titubear. O hábito faz a leitura se tornar mais fácil. Já falei sobre isso, mas é sempre bom lembrar. Um livro puxa outro. Por causa de um livro, eu descubro outro que não conheço. Há citações em um que vou encontrar em outro. Citações são importantíssimas.

Roberto Piva, poeta de vanguarda dos anos 60, que depois de décadas empunhando uma poesia de primeira e que veio a falecer recentemente, escrevia um texto a partir de várias leituras. Para lê-lo, era preciso ser iniciado, para saber do que ele estava falando. Como para ler James Joyce, por exemplo, é preciso conhecer ao que ele se refere.

Literatura é referência. Um livro nos traz outros, sobre o mesmo assunto, sobre coisas parecidas, ou outras muito diversas. Ler um autor nos familiariza com suas leituras. Uma lista de livros que ele leu. Isso Luiz Ruffato faz em seu romance "Eles eram muitos cavalos", um capítulo para nos dizer os títulos dos livros de sua estante. Importantíssimo.

Se alguém não gosta de ler, leia para ele. Se alguém não tem tempo, diga para ele ler só o que gosta, e que o livro esteja à mão, na mesa de cabeceira, na mesinha da sala, no banheiro, que bastam algumas palavras por dia para se instalar o hábito. Principalmente, falem sobre o que leram. Nem sempre todos leram as mesmas coisas.

Levem seus livros para passear. Em algum lugar, terá

tempo de ler. Coloque na bolsa, no bolso, na mochila. Sinta o peso do que está carregando. Como minha mãe carregando um livro pela casa, só para dizer para todo mundo que estava lendo.

Hábitos se ensinam, se transmitem. Livros se dão de presente, se emprestam. E se devolvem. Livros são companheiros, parceiros, amigos de toda hora. Livros nos fazem companhia o tempo todo. Uma sala sem livros é uma sala sem alma. Enquanto os livros nos olham da estante, eles nos emprestam seu calor, sua existência. E da convivência com os livros, tornamo-nos melhores.

Rio de Janeiro, 5/07/2010 - 1h24

À ESPERA DO LIVRO

Enquanto o livro não chega, o que se faz? Entoa-se um hino ou reza-se um terço? Faz-se uma novena ou acende-se uma vela para o anjo da guarda cuidar do livro enquanto ele está sendo feito?

Tudo já foi revisado, revisto, refeito, checado, está tudo em ordem. Mas enquanto ele não chega, nada está completo. E nos fazem esperar – porque há atrasos que desconhecemos, como funcionários que não foram trabalhar ou que se machucaram e ninguém nos diz essas coisas. Ficamos no "escuro", como dizem por aí.

Enquanto o livro não chega, a gente senta e espera. Porque não há nada mais a fazer senão esperar. Diligentemente, aguardamos o dia de colocar as mãos no livro – e tudo o que passou antes se dissolve, como nuvens ao vento. Já vi tantos livros ficarem prontos, irem e chegarem da gráfica, que os sinto como ondas que o mar leva e traz, mas a ansiedade da espera permanece intacta. E lembro-me de cada um que chegou. Como se fosse o primeiro. O primeiro de muitos.

São experiências que só compartilhamos com quem já passou por ela, e que não conseguimos antecipar para ninguém, por mais que tentemos explicar. É o inexplicável que acontece a cada vez – a cada livro. Cada um é único em sua totalidade de gênio.

A minha espera pelo primeiro livro de prosa (alvíssaras!) só pode ser medida em megatons, pois eu não conheço outra forma de expressar a minha ansiedade intrínseca, por dentro e por fora – o que será?

Poesia publico a vida inteira. Poesia já é minha companheira. Subiu e desceu o rio comigo. Levou-me para todos os lugares. Trouxe-me todas as pessoas. Abriu portas que eu não abriria sozinha. Foi um privilégio estar com ela e tê-la comigo.

As crônicas que logo saem em livro, e serão lançadas na Bienal Internacional do Livro de São Paulo, no dia 15 de agosto, no estande L 13, são inéditas e terão um caminho e uma abertura que estou para descobrir.

Àqueles que me disseram que valiam a pena ser publicadas, eu agradeço o incentivo e ofereço o livro em retribuição.

Rio de Janeiro, 1/08/2010 - 2h26 - Dia do Sorriso

VIVER DE LIVROS

Uma das perguntas mais perturbadoras para a grande maioria dos autores é se conseguem viver dos livros que escrevem. Os amigos, curiosos por escrutinar a intimidade do escritor, perguntam, à socapa: "Você vive disso?" Claro que o constrangimento da pergunta só tem uma resposta: "Não".

Poucos são os que pagam contas com o dinheiro que provém dos livros e ainda guardam um pouco na poupança. A maioria, entre eles, grandes escritores, envergonha-se em dizer que não podem contar com o que recebem apenas dos livros vendidos.

Assim, vários autores famosos têm um emprego para garantir seu sustento. Um equívoco? Não. O equívoco é querer que se viva de escrever. Isso é até possível em mercados onde a escrita seja valorizada. Escrever é uma profissão. Mas, entre nós, nem todos podem contar com o que rendem os livros que escrevem.

Best-sellers são sonhos editoriais que só atingem aqueles que alçam ao Olimpo das letras. E só temos olhos para eles. Mas existe vida no sopé do Olimpo, para aqueles que acreditam piamente que aquilo que escrevem vale a pena ser lido.

Hoje temos cada vez mais autores novatos, cada vez mais estreantes, cada vez mais pessoas que se dão ao direito de publicar um livro e quererem ser reconhecidas por isso. Para esses, a estrada é longa. Nem sempre se consegue chegar longe num primeiro livro: há um trabalho longo a ser perseguido antes, durante e depois de lançá-lo.

Publicar é um enfrentamento de egos. Primeiro consigo mesmo, depois com os outros. Escrever é um ato solitário, mas só serve se for lido. Ninguém escreve "só" para si. Um dia, esses textos, mesmo escritos no anonimato, se tornarão públicos.

O único caminho é torna-se conhecido: divulgue entre os amigos, entre as pessoas que conhece, publique-se, faça-se publicar, pague para ver, e vá conhecendo as pessoas que poderão valorizar o que escreve. Pode ser que um desses leitores seja a pessoa certa para levá-lo ao Olimpo. Isso pode demorar muito tempo, ou não. Mas não abra mão de escrever, de publicar, de aprender esse ofício tão raro do escritor, mesmo mal remunerado. Um dia, conseguirá pagar o jantar com o que vendeu em livros. O dinheiro que for para a carteira lhe dará a sensação de que todo o esforço recompensou. É a paga do livro.

Pode ser difícil viver de livros como Paulo Coelho. Porém, até ele começou do zero. Só que ele não desistiu. Ele traçou o próprio caminho. Perseguir esse caminho é a recompensa apenas para os obstinados. Aqueles que não desistem nunca. O livro vale todo esse esforço. Porque um dia será lido pela pessoa que precisa lê-lo. E isso não tem preço.

Rio de Janeiro, 26/09/2010 - 2h02

Depois do lançamento de "Mundo de algodão", de Mariana Reade, contos para adultos e crianças, prefácio de Jorge Mautner e apresentação de Renato Rezende, na DaConde, Leblon.

CARTA A UM JOVEM ESCRITOR À PROCURA DE EDITOR

1. Mande o texto o mais finalizado possível para o editor, com revisão gramatical, ortográfica feitas por um bom revisor. Se não conhecer nem puder contratar um, pergunte se o editor dispõe de quem faça a revisão, no entanto, seu texto deve estar praticamente pronto para edição e não pré-finalizado, portanto, antes de mandar o livro para publicação, frequente oficinas literárias, assista a aulas de redação e de criação de texto, invista na sua carreira de escritor, como qualquer outra. Escrever é um ofício, não uma distração, nem terapia, portanto, tem que aprender a escrever bem. Para isso, leia seus autores favoritos: eles o ensinarão como escrever melhor.

2. Coloque todo o texto num único arquivo em Word, nada de ficar mandando um poema por arquivo. Isso enlouquece qualquer editor. Coloque os poemas na ordem que quer que sejam publicados, sem quebras de página, sem numeração de folhas, apenas um poema embaixo do outro. Se forem contos, um conto seguido do outro. Se for um romance, um capítulo atrás do outro. Importante: não enfeite, nem edite o texto em Word. Embora o Word seja um editor de texto, ele não serve para editar livros, isso é feito em outro programa de edição. O texto em Word tem que estar o mais enxuto possível, sem fontes diferentes, nem corpo menor ou maior que 12, sem recuo de parágrafo, nem centralização, ou qualquer outra gracinha que o Word oferece. O texto tem que estar limpo, alinhado à esquerda, ou justificado, sem mais de uma linha de separação entre os parágrafos ou poemas. Computador não é máquina de escrever, não pode haver espaços manuais entre os textos. Um texto bagunçado ou muito bordado é horrível de revisar: tudo será descartado, portanto, não perca tempo com isso.

3. Frequente lugares onde haja outros escritores, associações, clubes, academias, grupos, encontros, eventos – descubra quem já escreve perto de você, procure na internet quem já faz isso. Descobrirá que seus sonhos já são de outras pessoas que também gostam de escrever. Troque ideias com elas, ouça seus conselhos, leia o que elas escrevem. É importante se descobrir inserido num contexto literário. Escrever é um ato solitário, mas o que for escrito será lido pelos outros. Ninguém escreve só para si, pois se escreve, para que publicar? Frequente livrarias e bibliotecas – ali sempre há escritores à solta, em busca de algum livro interessante. E, quando menos esperar, terá amigos que compartilham o mesmo ofício, que têm a mesma paixão: escrever.

Rio de Janeiro, 1/10/2010 - 13h24

O OBJETO-LIVRO

Para Carlos Madeira

O objeto-livro
objeta:
qual parte de mim
que procuras?
É o todo ou o nada
Que inauguras?
Que sorte te trará
Minha leitura?
No mais das vezes
o que dizes
está dito
está escrito
já foi falado.
Mas o obscuro
olhar sobre a obscura fala
é o que o livro oculta.
Não só o que ilumina
mas o que incendeia
o pensamento
e ensina.

A leitura deste livro
pode ser uma obra.
Operar sobre si mesmo
Como entalhe.
Lavrar a todo custo
O que lhe falte.
Apenas o silêncio
impera.
O livro-objeto
é o nervo exposto
da espera.

De nada adianta
desesperar:
lê, sê atento
ao que diz
o que é livre
para ser o que é.

Livre
para ser
livro.

Copacabana, 25/10/2010 – 17h59

AMANHÃ, OS NOVOS LIVROS

Há um princípio que rege os livros, e este é a permanência. Por mais que tentemos nos eternizar em nossos gestos e ações, apenas as palavras captarão toda a essência do que somos. Nelas restará dito o que pensamos, em última instância. E não basta dizê-las, temos de escrevê-las, grafá-las do melhor modo, editá-las e, finalmente, publicá-las.

Essa publicação que nos vem à mente e depois às mãos segue um ritual prévio, que se inicia muito antes de tentar visualizá-lo como coisa concreta. Um livro é toda uma ideia concebida num estalo, a percepção de se poder dizer algo de modo específico e único e, através de nossas palavras, capturar o espírito de tudo o que mais nos importa.

Isso pode ser dito em um poema, em um conto ou romance, ou mesmo numa tese, numa carta, num ensaio. A palavra tem esse dom de perpetuidade, que toda vez ao ser pronunciada, traduzida, ou interpretada, pode suscitar várias reações, de perplexidade ou de compreensão. As ideias viajam nas palavras. E dizê-las faz toda a diferença.

Escrever é esse ofício de labutar com palavras – e a força que elas contêm é maior e melhor do que todo o esforço humano de fazer qualquer outra coisa. As outras coisas são feitas, é claro, mas foi uma palavra, um verso, um texto que as motivou. Colombo atravessou o Oceano Atlântico por causa do livro de Marco Polo. O "Romance da Rosa" foi escrito por causa das cartas entre Abelardo e Heloísa, e sempre um livro puxou outro, por causa de um poema, outro foi escrito, por causa de um romance, outro romancista se debruçou sobre sua própria obra. Machado de Assis foi um tipógrafo quando jovem e começou a ler o que lhe davam. E esse mesmo labor tornou-o escritor de seus próprios pensamentos.

Hoje, não é diferente. Os livros tomam forma, pois para cada pessoa, há um sentido no que escreve, como para o músico, só a música o protege, e para o pintor, as tintas respondem ao seu movimento. O escritor não é diferente de qualquer artista, e para o seu ofício basta escrever em qualquer lugar, num caderno ou laptop, numa folha de papel solta, num bloco encontrado ao acaso.

Para mim, todo livro se apresenta como desafio de projetá-lo para o futuro. Seja a moça que queira publicar os primeiros poemas, ou o cavalheiro, as suas memórias, o livro é o elo entre o aqui e o agora e o amanhã.

Rio de Janeiro, 19/04/2011 – 23h32 – Dia de Santo Expedito

O DIA A DIA DOS LIVROS

Vivemos à volta de livros que vivem em torno de nós. Olhamos para paredes forradas de volumes, bibliotecas extensas até onde alcançam os olhos. Os livros enchem as casas, como preenchem as livrarias, todos olhando de seu canto da estante, esperando mãos ávidas para buscá-los. Uma vitrine de livros é uma janela viva. Os volumes respiram, como nós. E sorriem lentamente em sua imobilidade.

Mas há os livros rápidos, os que carregamos na bolsa, na pasta, na sacola, para ler na fila do banco, no recreio, no metrô, no ônibus, na sala de espera. Ali os médicos deveriam oferecer livros e não revistas. Nos cabeleireiros, a conversa seria outra, se as madames lessem os clássicos. E os homens também, na barbearia.

Há os livros que lemos sem contar a ninguém. E aqueles que contamos para todo mundo. O melhor livro é o emprestado, nunca o que emprestamos. Ele nunca volta como foi, e talvez nunca volte. Mas quem o empresta, dá ao amigo um tesouro.

Bibliotecários são guardiões de livros. Entendem deles como um paciente. Auscultam páginas e observam suas marcas. Um livro de biblioteca é diferente de qualquer outro. É um ancião esperando uma visita.

Livros, enquanto existirem para o tato, serão o melhor companheiro de todas as horas. Escolhemos um livro como um amigo com quem passar o tempo. E com ele dialogamos. Perguntamos e ele responde até o que não foi perguntado.

Procuramos por certos livros a vida inteira, ou pensamos em um para escrever por muitos anos e, finalmente, ele se materializa, como por encanto, à nossa frente, ou descobrimos como fazê-lo.

Convivo com livros há muito tempo, e partilho-os

com meus amigos, ora dando-os, ora fazendo-os, ora lendo para eles. Quem lê para alguém, lê para si mesmo em voz alta. Palavras foram feitas para serem ouvidas, não só lidas. Livros partilham pensamentos, semeiam ideias em desconhecidos, que se tornam íntimos de seu autor. Ler tudo o que um autor escreve é ser mais que fã. Torna-se seu arauto. Em quantas mentes habitam os mesmos livros, cada um compreendido com sua ótica?

Crianças amam os livros, não só por causa dos desenhos, mas porque contêm histórias que não estão em lugar algum – só ali se encontram os personagens daquele sonho. A ficção se transveste de realidade para nos fazer crer naquilo que acredita. Às vezes, uma história inventada é mais vívida do que a vivida.

Os livros vivem seu dia a dia lado a lado com os homens, mulheres e crianças que se dispõem a lê-los, ou a esperar que algum deles o eleja, seja um exemplar, ou um e-book. O livro está prestes a se tornar uma lenda – em quinhentos anos de história, transformou-se na fala viva dos homens, não só as palavras escritas há muito tempo. É possível ler qualquer coisa assim que tenha sido escrita.

A internet é um grande livro desorganizado, em que cada um dos milhões de internautas escreve nas páginas abertas da web. Uma fração disso se confina entre duas capas. O restante vive a trafegar nas telas de todos os computadores.

Eis o novo livro: um ser eletrônico que se transmite, como pássaro mensageiro, em muitas línguas. Somos testemunhas dessa mudança, o que transformará o homem em leitor cibernauta, escrevendo sua história, minuto a minuto. Ler e escrever continua na ordem do dia. E aprendemos isso com os livros.

Rio de Janeiro, 20/05/2011 - 2h34

O LIVRO-BEBÊ

Meu amigo Pedro Lage está fazendo um novo livro e está em processo de revisão final dos poemas. Depois de algumas idas e vindas, e muitos meses de espera, finalmente me mandou um arquivo que revisei e devolvi depois de ajustar as formatações que ele me pedia. Gastei a tarde toda de segunda-feira para arrumar os poemas, limpando o fundo das páginas, como se diz, aquelas marcações que só aparecem quando clicamos o P de parágrafo do Word. Mandei um pdf para que visualizasse o texto, e visse onde eu havia feito correções, acreditando (como sempre acredito) que fosse o texto final. Mas... como sempre acontece, Pedro resolveu mexer mais um pouco nos poemas, mudando-os de lugar, reescrevendo alguns versos, alterando de toda forma o arquivo que eu lhe mandara, porém... ele fez todas as alterações no outro arquivo, acreditando que não precisasse senão acrescentar as alterações que eu havia assinalado. Mas o que não aparecia eram as formatações e limpezas que eu havia feito no arquivo que lhe mandei em seguida para que fizesse suas alterações. Ele não tem culpa de não compreender esse processo sempre extenso de revisão de um livro e o trabalho que o editor tem de limpar o original (digital) das impurezas do branco.

O que ele não esperava é que, ao remeter o arquivo em Word para mim às 2h da manhã, eu acordasse às 4h30 e, ao procurar ver que horas eram, descobrisse no meu BlackBerry o email que ele acabara de mandar, com todas as alterações no outro arquivo e não no que eu havia enviado! Perdi imediatamente o sono e me levantei, indo para a sala ligar o computador... Mas o que ele estava pensando? Que meu trabalho pode ser jogado fora? Inconformada, abri o arquivo com todas as mudanças e supostas correções que ele havia acatado da minha revisão e descobri, pasma, que não só eu precisava refazer toda a formatação dos poemas, como recorrigir tudo o que ele havia "saltado", e ainda descobri outros erros que haviam me escapado, porque, claro, não se encontram todos os erros em uma só revisão.

O que aconteceu é típico, acontece toda vez, mas o que foi inédito foi eu ser literalmente "acordada" pelo livro no meio da noite, como um bebê que chora, infeliz, por estar com cólica ou dor de ouvido. E eu, como mãe diligente, pus-me de pé para acudi-lo. E não estava, o coitadinho, todo bagunçado de novo?

Respondi uns três emails ao Pedro, falando o que acontecera e porque ele deveria ter usado o meu arquivo e não o dele. E comecei dizendo: "Quando um autor me diz que não preciso reler um texto, é justamente aí que preciso". O excesso de zelo como editora me leva a esses extremos: acordar de madrugada só porque um livro me chama: "Revise-me!" Pode?

Assim, descobri que como tudo, existe o livro-bebê, que chora enquanto está sendo feito, e ao se ver molhado no berço, berra até acordar sua ama, que, desprendida e despreocupada, vai ao seu encontro, para relê-lo, com todo amor e carinho, porque dali sairá um livro pronto. Mas enquanto ainda não é, ele esperneia pedindo atenção.

Ao explicar a Pedro que eu havia levantado às 4h30 para revisar o livro, ele riu, compreendendo, que, como um filho, o livro pede atenção de quem cuida dele a qualquer momento, não importa a hora, e que isso é mais forte do que nós. Ele achou graça, mas me conhecendo, percebeu que, naquele momento, estávamos fazendo algo muito importante, que pode não parecer nada diante de outras coisas, mas em si mesmo, é tudo.

Rio de Janeiro, 23/06/2011 - 23h12

A VIDA DOS LIVROS EM PÍLULAS

1.
A melhor coisa de ser editor é aprender como fazer cada livro de um jeito.

2.
Sempre que um livro se demora, eu me pergunto se não há mais um erro escondido. Encontrei-o: na orelha, faltava uma sílaba numa palavra na penúltima linha da biografia: "numa vida dedicaDA..." Nem me surpreendi.

3.
É preciso olhar atentamente o livro, devagar, para que o erro se mostre. Nem sempre o olho percebe o que está claro. O simples parece muito óbvio e é justamente onde não esperamos que o errinho se aloja.

4.
Vender livros é uma atividade personalíssima.

5.
Ter nas mãos um pequeno livro que se fez é tornar palpável o infinito.

6.
Semear livros é uma atribuição do editor. O autor escreve, o editor publica. Há uma linha bem tênue entre essas duas figuras. Mas o autor que se publica é um editor de si mesmo.

7.
A demora de um livro para sair é sempre sinal de que ele não está pronto, por mais que pensemos que esteja completo. Se ele demora, é porque não está terminado, mesmo que aparentemente esteja todo "visto".

8.
Há várias formas de dizer a mesma coisa, mas sempre há uma melhor. É esse aperfeiçoamento que o livro espera de nós.

9.
Não se colocam livros em lugares desconhecidos. Isso é muito raro. Principalmente, livros de poesia.

10.
Não há dois livros iguais, por mais semelhantes que sejam. Cada um é um, como as digitais.

CONSELHOS PARA QUEM QUER ESCREVER MELHOR

Gramática e ortografia dependem de uma constante vigilância. É fácil errar, as palavras mudam, ora se escrevem de um jeito e ora de outro. Dicionário se torna jurássico. Ontem encontrei uma Bíblia com ortografia antiga, mas a tradução é ótima. Eu trabalho em dois níveis, dos termos e do sentido. Há sempre uma forma melhor de dizer alguma coisa.

É meu trabalho corrigir, revisar e ajustar as frases. Assim se torna mais fácil perceber os erros. Eu leio qualquer texto procurando erros. É deformação do ofício. Mas o melhor modo de aprender a escrever é ler bons livros (não más traduções, nem más revisões) da nossa literatura brasileira, de Clarice a Machado de Assis, de Cecília Meireles a Carlos Drummond de Andrade, só para mencionar os mais famosos, mas há muito, muito, muito que ler.

Se for ler uma tradução, leia uma que seja boa, de preferências as antigas, que eram feitas por grandes escritores, como Monteiro Lobato e Manuel Bandeira. As traduções novas sofrem de literalidade, ou seja, são traduzidos de forma direta, sem a elaboração do português, por isso ler textos bem escritos em português (não traduzidos) é essencial, senão escolha um bom tradutor contemporâneo.

Leia Lygia Fagundes Telles, Patrícia Melo, Livia Garcia-Roza, Adélia Prado, e mais um tanto de mulheres que são grandes autoras, fora os homens que estão por toda a parte. Pesquise numa livraria, mesmo que seja virtual, o que você pode ler. Leitura é um hábito como outro qualquer, tem que ser instalado e mantido. Se deixarmos para lá, ele não vinga.

Quando voltei a ler assiduamente, depois que nasceu a caçula, me forcei à leitura, colocando um livro em cada lugar onde me sentava. Mas escolhia livros que queria ler. Foi assim que reinstalei o hábito da leitura: espalhei vários livros pela casa, onde pudesse pegá-los sem esforço e toda vez lá estavam eles esperando por mim. Eu lia qualquer coisa, uma frase, um poema, um parágrafo, uma página, e isso me estimulava a ler mais, e eu ia lendo até terminar o livro, senão, o que li havia sido o suficiente.

Isso ajuda a consertar nosso português, uma língua tão difícil, que pouquíssimos falam. Não é tão falada quanto o espanhol e mal consegue abrir espaço na ONU. Mas é reconhecida como uma das línguas fundamentais na criação de obras literárias. Os brasilianistas e lusófonos que o digam.

A beleza do português só pode ser vista de longe, ou quando a traduzimos. Faço traduções para o inglês e vice-versa, mas colocar em português qualquer coisa bem traduzida é uma arte, para manter o significado usando nossas palavras e parecer bem escrito. Como disse Mario Quintana, "Escreva, escreva, escreva, e me volte daqui a vinte anos".

Rio de Janeiro, 13/11/2010 - 14h34

12 MANDAMENTOS DO EDITOR

Por ser um trabalho de Hércules

1. Sempre desconfie do autor. Ele pode estar errado.
2. Não aceite a revisão de ninguém. A revisão final é direito do editor.
3. Enquanto o texto não estiver pronto, o livro não sai.
4. Se confiar demais no autor, o editor erra junto.
5. Não admita, em hipótese alguma, que o autor o apresse.
6. Convença o autor a escolher um bom título para criar uma boa capa.
7. Brigue pela boa gramática, o bom vocabulário e a correção do texto.
8. Não aceite soluções baratas só "para não sair caro". Senão acontece o contrário.
9. O livro é permanente, o autor não. O livro vale o sacrifício.
10. Faça o possível para evitar enganos. Em geral, o livro tem paciência para esperar até que encontremos todos os erros.
11. A gráfica tem que estar afinada com o editor. Senão acontece um desastre. Ou vários.
12. Tenha paciência com o autor se ele não souber fazer um livro. Essa sabedoria irá recompensá-lo no futuro.

Rio de Janeiro, 1/11/2011

A PRIMEIRA REVISÃO É CEGA

Minha mais recente descoberta é: "A primeira revisão é cega". Por mais que se leia atentamente, a primeira leitura pega só o que está "por cima", o "entulho", os erros mais grosseiros, mais aparentes, mais indiscretos. Quando leio um texto pela segunda vez, fico sempre com a impressão de que não li nada antes. "Como não vi isso antes?", eu me pergunto. Pois é, essa é a má notícia: ninguém vê.

A boa notícia é que a segunda leitura vem nos salvar da primeira revisão, que só prestou para nos informar sobre o assunto. E até na segunda leitura passamos a entender melhor o que lemos antes, que não desceu da primeira vez. Esse é um dos mistérios do texto (ou da nossa incompreensão): ler só uma vez não basta. E ainda, a revisão é vertical. É preciso tirar todos os escombros de cima, para entrar no texto, como numa escavação arqueológica.

O revisor (esse amigo que se transforma por vezes em inimigo) tem a missão mais árdua e mais inglória: descobrir onde estão os erros e buscar a melhor solução para consertá-los. Às vezes, o autor não quer mudar nada e fica lutando com o texto. Mas só uma leitura lenta e prolongada poderá mostrar os verdadeiros erros, não os aparentes.

A primeira revisão é cega: pode escrever isso no seu caderninho. Não vemos onde faltam vírgulas, as palavras que precisam ser trocadas, não enxergamos patavina. Eu já me peguei tantas vezes nessa situação que tive que chegar a essa conclusão por força das circunstâncias. Ninguém enxerga todos os erros "de prima". E só enxerga os erros óbvios. Os errinhos cruciais, os mais ocultos, as construções de frase, os tempos de verbo só aparecem depois.

Revisei há pouco um longo texto de um livro sobre economia: assunto bárbaro, mas a primeira leitura só arranhou a superfície. Somente na segunda é que "enxerguei" onde o autor se esquecera de alguns termos e algumas estruturas mais bem elaboradas. Como pode? Ele escreve bem, mas não tão corretamente assim? Tem vocabulário, tem raciocínio, faz grandes associações e explana bem seu ponto de vista, mas, na hora de escrever, sempre algo fica de fora. É como se "afinássemos" o texto e tivéssemos de subir uma oitava acima, mudar o tom, fazer outro arranjo de palavras para dizer a mesma coisa. Linguagem é música. Precisa descer redondo. Um tempo de verbo ou uma palavra mal colocada desafina o sentido. E quando o texto está bem escrito, os olhos e ouvidos agradecem.

A primeira revisão é cega, porque não lemos direito. Nossa mente ainda está conhecendo o texto e não temos os sentidos totalmente apurados e despertos para o que está escrito. Temos que despertar antes de ler novamente. A primeira leitura é esse despertar. Algo nos surpreende, algo nos pega desprevenidos. E só na segunda, terceira, quarta, quinta leitura conseguiremos aprofundar nossa observação, nossos olhos e ouvidos, sim, porque também se ouve quando se lê, mesmo em silêncio.

Ler apura todos os sentidos. Descobrimos algo que estava ali escondido e que não havíamos percebido antes. A revisão é faca de dois gumes. Ora lemos direito, ora não. Qualquer coisa que nos distraia, nos tira a concentração e pronto, não saberemos mais onde estávamos, perdemos o fio da meada.

Para ler, é preciso estar completamente absorto, deixar-se levar lentamente pelas palavras, para que elas nos inundem e, subitamente, nos sintamos submersos. Para revisar, é preciso estar duplamente atento, e ler tantas vezes quantas forem necessárias, até não encontrar mais erro algum – senão este passará à posteridade e nada poderemos fazer a respeito depois.

Rio de Janeiro, 21/08/2012 – 2h10

A POESIA É A IRMÃ POBRE DA MÚSICA

A poesia é a irmã pobre da música. Enquanto a música anda de limusine, vestida de dourado, a poesia, que alimenta todas as artes, vaga ensimesmada e nua pelas praias do mundo, porque não tem mais nada a oferecer além dela mesma. Ninguém dá nada a ela nem aos poetas, só quando se tornam letristas e vendem sua poesia para outra arte, ou passam a escrever romances, aí, sim, "livros de verdade", como já me disseram.

Ser fiel à poesia é um ofício, uma missão, uma coisa de alma, que não se toma emprestado, nem se empresta a ninguém. Ou se tem, ou não se tem. Como ela é mais difícil de entender, mais difícil de fazer, ou parece muito simples, é incompreendida, mas é mais rápida para transmitir ideias, é mais concisa, mais compacta, mais sucinta.

Não preciso escrever um romance para dizer o que quero, pois um poema já diz tudo. Imagine levar tanto tempo escrevendo se um poema sintetiza todas as minhas ideias. Digo que há muito mais energia concentrada num poema do que num romance, pois o poema carrega muito mais energia em menos palavras, portanto, é mais potente. Um romance de mil páginas não dirá o que digo em uma, pois levará muito mais tempo para se ler as mil páginas do que o meu poema.

Meu poema é homeopático, mais potente como todo remédio homeopático, diluído à enésima potência, torna-se antimatéria. A função da antimatéria é extrair da matéria os seus excessos. Há um excesso de cálcio? Dê-se Calcarium. Na homeopatia, é tudo ao contrário. Nada se acrescenta: tira-se o que já se tem em demasia. A poesia (que rima com homeopatia) tira de nós o que temos a mais: de tristeza, de melancolia, de apatia, e nos deixa livres para ser quem somos, para amar, sentir e nos alegrarmos, pois nos mostra um caminho de volta para nós mesmos.

Rio de Janeiro, 19/08/2012

LIÇÕES DO LIVRO

Hoje vivi uma situação inédita e pavorosa. Imprimi um livro com erro de diagramação. Em trinta anos e doze de editora, isso nunca tinha me acontecido. Toda vez que corria o texto, eu conseguia pegar no pulo, mas desta vez não deu. Eu confiei (e sempre acontece algo errado quando faço isso) que estivesse certo como o anterior, porque, pela lógica, não tinha por que aquela linha ter saltado na quarta página e fazer correr o livro inteiro.

São os males das ferramentas de que dispomos e o excesso de coisas que fazemos. Na urgência de imprimir o livro, sem nos perguntar se está certo (temos sempre de checar mesmo que tenhamos absoluta certeza), damos o passo seguinte e somos pegos desprevenidos: se tivéssemos olhado mais uma vez, teríamos evitado o desastre.

Mas, não: há o erro na cor da capa, o erro na contracapa, e ainda (disse o autor) algumas retificações para se fazer (ainda). Ou seja, o livro não estava pronto. E esse puxão de orelha só serviu para dizer: "Preste atenção!"

Eu sempre aprendo com Papai Livro. Ele está sempre certo e nós sempre errados. Nós acertamos para que ele fique correto, mas como ele não pode se fazer sozinho, depende de nós para que o façamos. Embora ele CANSE de avisar quando está errado e nós que não ouvimos.

Era como se o mundo viesse abaixo. E o autor, que me ligara naquela hora, me informava, de viva-voz, algo que eu nunca tinha vivido. Rapidamente fiz as contas mentais para entender como aquilo havia acontecido, e puxando o único exemplar de que dispunha à mão, constatei, aterrada, o que nunca tinha visto acontecer.

Sempre digo que por mais que já tenhamos vivido todas as situações, sempre há algo reservado que não nos aconteceu ainda. E esta foi a minha vez de viver algo irreparável. Assim, com humildade e sem exagero, retomarei o livro para refazer o que está errado, e reimprimirei, com a cautela necessária, como sempre faço (justamente o que me salvou de uma perda maior, pois imprimi "só" cem dele). Algo me dizia para tomar cuidado, mas eu não entendi que o cuidado era olhar novamente.

Às vezes, a intuição não funciona direito quando há interferências externas, ou ruídos na comunicação. O céu não fala bem com a Terra quando há muita gente falando e muita coisa acontecendo ao mesmo tempo.

Temos de nos acautelar diante do inexorável. Para que não se repita. Como diria o Dalai Lama, "poderia ter sido muito pior".

Rio de Janeiro, 22/08/2012 - 1h24

FIM DE ANO DOS LIVROS

Quando chega final de ano, é uma festa. É um tal de sair livro, de imprimir às pressas, de querer lançar antes do Natal, que nem as gráficas dão conta de tanta demanda. Aquilo que se preparou o ano inteiro tem que sair de qualquer jeito. A revisão atrasa, a digitação empaca, o papel acaba (isso também acontece), a diagramação não fica pronta, e ninguém entende por que um livro sai e outro não.

Eu já falei da dança dos livros, que só na reta final descobrimos quem entrou no páreo. Nem sempre quem sai na frente termina primeiro. Às vezes, é o azarão que passa na frente. Aquele livro que ninguém dava nada por ele, vem por fora e cruza a faixa final. E aquele que todo mundo achava que seria campeão, fica na rabeira, sem previsão de acabar.

Livro é um mistério. Todo dia adiantamos um pouco o andamento de cada um, pensando que estamos indo na direção certa. Mas, se não prestar atenção (essa que pisca os olhos sempre), saem erros que até Deus duvida.

Este ano foi memorável. Além da linha que empurrou todo o texto de um livro, fazendo-o ser impresso errado, houve outros erros que se somaram a este para me assombrar. Em cada um, houve uma solução diferente, porque depois do "caso da linha", eu tive de redobrar a atenção. Um deles tive de imprimir duas vezes antes do lançamento – e aí todos dormiram no ponto, eu, a autora e o marido da autora que tinha ajudado na revisão e deu chance, como no primeiro livro, a ela de mudar de ideia. Mas a pressa é a responsável por todos esses erros, palavras que ficam inertes no lugar errado, porque ninguém as lê.

Um que será lançado hoje, consegui pegar no pulo: entrou um texto de última hora, com uma primeira frase truncada, faltando duas palavras, que por ter entrado depois, e ser o primeiro texto, ninguém leu direito. Passavam direto por ele. Mas no dia em que gastei cinco horas colocando vinte livros novos no site, ao buscar os textos para as sinopses, dei com esse primeiro texto fajuto e pulei para a prova para conferir se o erro continuava lá. Estava. Como era domingo, tive de esperar até a manhã seguinte para perguntar se já havia sido impresso (claro, o livro já havia seguido para impressão), mas na hora H o bichinho gritou: "Estou errado!".

Incrível como dá para ouvir o grito. A sorte fez com que só a capa tivesse sido impressa e houve tempo de trocar o arquivo do miolo. Este ano aconteceu de tudo: medida de lombada errada, falta de marca de corte, troca de papel de impressão, e a última que vai me custar um atraso bem caro: sumiu uma prova que mandei fazer, ou seja, era para estar pronta e não ficou porque não entrou do sistema (mas tenho o recibo do meu pedido).

Eu fico tiririca quando acontecem coisas erradas pela primeira vez. Sempre tem uma primeira vez para algum erro de gráfica que nunca aconteceu antes. Normalidade não é o forte das impressões de livro. Mas o livro que bateu os recordes dos absurdos foi a prova dos erros que andam. Além de precisarmos imprimir mil exemplares novamente (já vi isso acontecer, mas não desse jeito), a cada prova um erro anteriormente inexistente aparecia em outro lugar. Dá vontade de perguntar: "Não pode fazer direito, não?"

Fazer livros exige uma saúde impecável. Pessoas com hipertensão ou problemas coronários não podem fazer livros, porque cada vez aparece um erro novo no cenário. A coleção de erros que eu juntei este ano foi de cair o queixo. Então chego ao fim do ano com esse mistério: "Cadê a prova que estava aqui?" Ninguém vai me explicar isso e já vi que se eu não insistir, não vou recebê-la nunca e todos vão ficar esperando pelo livro que não sai porque a prova sumiu.

A maior emoção este ano, de fato, ficou para o meu

livro. Os quarenta livros que fiz nos últimos doze meses não superam a minha expectativa de publicar um livro meu após 16 anos de espera. Isso poderia não querer dizer nada para quem já tem mais de quinze livros publicados, mas, não. Nunca foi este. E cada livro é único. "Odysseus & O livro de Pandora" é um livro mais que esperado.

Tivemos uma boa safra este ano, livros importantes tanto de poesia quanto de filosofia, biografias, contos, crônicas, mestrados e psicanálise aliada à literatura. Foi um ano de autores interessantes que somaram para o selo da editora. Livros que têm vendido bem. Reedições importantes. Reimpressões aguardadas. Nada melhor do que descobrir que os livros que fazemos são desejados. E há mais por vir! Mas este ano foi 10. Ou melhor, 12. Doze anos trabalhando incansavelmente para fazer um livro melhor que outro. Nem sempre foi possível acertar 100%. Mas a intenção foi acertar. Houve até um livro que salvei. Tive de refazê-lo inteirinho. Do zero. Aos 44 do segundo tempo. E houve um que fomos para os pênaltis e perdemos. Perdemos feio. E, muitas vezes, é melhor assim. Aquilo que não conseguimos fazer é para não ser feito, porque, se fizéssemos, seria pior ainda. Por isso, é preciso perder, antes que seja tarde demais.

E como hoje é dia de São Nicolau, me dou este presente: feliz livro novo. Só um livro novo acaba com todas as tristezas. E este livro eu vou me dar, daqui a oito dias, quando ele chegar da gráfica. Evoé!

Rio de Janeiro, 6/12/2012 - 4h48
Dia de São Nicolau, da verdadeira troca de presentes.

A NOIVA DOS LIVROS

Foi assim: dia 29 de novembro me liga uma moça chamada Carolina e me diz que quer comprar um dos meus títulos, "Eros e Psique", que publiquei em 2006, com lançamento em 4 de fevereiro de 2007, junto com os "44 Sonetos escolhidos", de William Shakespeare, num domingo lindo, na Casa Austregésilo de Athayde, no Cosme Velho, onde realizamos um Chá com Shakespeare, que ficou na história.

"Eros e Psique" é um poema de Fernando Pessoa, que publicamos em uma edição especial, junto com as imagens de Gustave Doré para "A Bela Adormecida", que se baseia no mesmo conto de Apuleio, que acrescentamos no final, além da apresentação que explica a abordagem psicológica de Hillman sobre o mito grego. Foi feito em duas cores de capa, com preto e dourado, e as imagens em preto e branco originais. Foi uma edição de mil exemplares que se esgotou e que acabei de mandar imprimir novamente para atender à demanda. Ele vende sempre. Mas não como desta vez.

Quando perguntei quantos exemplares ela queria, ela respondeu: "Oitenta". "Nossa", eu disse. "Você é uma loja?" "Não, particular". "Você vai dar de presente os livros?" Ela disse: "Vou dar como lembrança do meu casamento junto com os bem-casados. Em vez de dar uma lembrancinha qualquer, resolvi dar algo que dure. Gosto muito desse livrinho e queria fazer algo diferente". E acabou arredondando a conta para cem.

Carolina me surpreendeu, porque nunca imaginei que o livro que concebi apenas para reunir as imagens de Doré e o poema de Pessoa por se reportarem à mesma história, pudesse ganhar um lugar de destaque na vida de alguém. Já tive pessoas que compraram vinte exemplares para dar de presente a seus alunos, mas como lembrança de casamento, não.

Fiquei encantada com a iniciativa dela e perguntei qual era o nome do noivo. Ela disse: "João Procópio". No dia seguinte, fez o depósito referente à compra dos livros, exatamente na data de aniversário de morte de Fernando Pessoa, autor do poema, em 30 de novembro. A coincidência não pode ter sido à toa. Nem foi à toa que essa noiva elegeu esse poema para estar presente no dia do seu casamento no dia 15 de dezembro, em São Paulo.

Mas para arrematar meu enlevo, à noite, ao pegar um exemplar para dar uma olhada nele, li no colofon a data de impressão da primeira edição: 30 de novembro de 2006, exatos seis anos antes, ou seja, fechou-se um meio ciclo (um ciclo inteiro tem 12 anos) de relevância em relação a esse livro, que foi alçado a presente dos noivos aos seus convidados, um poema que celebra o amor que vence todos os obstáculos para viverem felizes para sempre.

(ET: já enviei os cem exemplares para São Paulo e espero que tenham chegado em perfeito estado.)

(ET 2: Rodrigo Ferrari, dono da bela Livraria Folha Seca, na Rua do Ouvidor, era um dos convidados para esse casamento de Carolina e João Procópio, e depois me contou que ganhou o livrinho que ele tem na Folha Seca para vender. O mundo é realmente muito pequeno.)

Rio de Janeiro, 6/12/2012

UMA PESQUISA PUXA A OUTRA

Ao encontrar uma referência à cidade de Limoges, na França, num conto de um livro em revisão, a autora escreveu sem o S final, que minha memória dizia que havia, então resolvi checar. Incrível como uma simples revisão pode dar início a uma pesquisa muito mais extensa, mesmo sem querer.

A cidade de Limoges, no coração da França, tem menos de 250 mil habitantes e é famosa por suas porcelanas e esmaltes sobre cobre, além de seus barris para armazenar conhaque. E qual não foi minha surpresa ao descobrir que Renoir nasceu ali em 1841 (ano da coroação de D. Pedro II) entre outros homens célebres, sendo um deles presidente da França, Sadi Carnot, assassinado em Lyon, por Caserio, um anarquista italiano, em 1894, que no mesmo ano foi guilhotinado, tendo assumindo integralmente seu ato em nome de suas ideias.

Nunca imaginaria que uma pesquisa sobre a ortografia de Limoges me levaria tão longe, nem a Renoir, nem a Sante Geronimo Caserio, nascido na cidade de Motta Visconti. Depois de recusar o padre confessor de sua cidade natal, escreveu um bilhete à mãe dizendo ser o mesmo menino que sempre a amou, antes da execução.

Por vezes, uma pequena pesquisa (não mais que dez minutos) alargam imensamente o conhecimento de pequenos fatos obscuros que ficam em nossa mente. Nunca devemos manter uma dúvida, principalmente se estamos trabalhando num texto.

Vejo muitas vezes pessoas escreverem errado por não checarem o que escreveram. É o famoso "chutômetro". Uma palavra de outra língua sempre tem que ser checada, mesmo que tenhamos "certeza". A autora negligenciou esse ponto, mas me deu a chance de descobrir não só uma, mas várias coisas que eu desconhecia.

Caserio foi cantado por vários poetas da época que defendiam o valor de suas ideias contra a opressão. Ele usou uma adaga em estilo berbere, cujo cabo tinha as cores dos anarquistas: preto e vermelho.

Rio, 25/12/2012 - 15h30

CONVERSANDO COM UM REVISOR

Revisão é muito mais difícil do que você imagina. Faço isso há 33 anos. E ainda pego erros de cabo de esquadra. Ontem nesse texto que lhe mandei tinha: "espíritos invisíveis". Você conhece algum que seja visível? Se for, ele se materializou, então deixou de ser espírito. Os erros também são dessa ordem. Não basta corrigir a gramática, tem que ter o entendimento do texto.

Outro erro que peguei de tradução: "homem morto". Ora, um homem morto é um defunto. Por mais que seja uma tradução literal, ela não é correta, porque ninguém se refere a alguém que morreu como "homem morto". Quando eu digo que isso não é português, brigam comigo. As palavras estão em português, mas a expressão, não.

Então, o outro problema é falta de vocabulário, seja para autores, revisores ou tradutores. E falta de cultura da língua. Aí ligam o chutômetro. Como editora, eu puxo a orelha de todos eles. Havia outra expressão que dizia "voava no ar". Você já viu alguém voar em outro lugar? Basta dizer "voar" que está no ar. E por aí vai...

A função do editor é justamente essa: descobrir onde o autor, revisor e tradutor erraram. Além de autora, eu sou a editora que corrige, então sou obrigada a corrigir a mim mesma. Quando olho o texto que escrevi, tenho que ter a isenção necessária para criticar o meu próprio texto, algo que só ao me tornar editora consegui fazer. Como autora, eu erro, mas como editora, não posso errar.

Rio de Janeiro, 27/09/2013 - 15h15

A MARATONA DO LIVRO

Quem quer fazer livros não sabe no que vai se meter. Além de passar pelo processo de edição, que é extenuante, o (novo) autor tem que aprender os caminhos que o livro terá de percorrer para chegar às mãos do leitor.

As perguntas são as mesmas: "Sou eu que vou vender na livraria?" "Com quem ficam os livros?" "Qual o preço de capa?" "Quanto eu recebo em cada livro?"

Fazer conta não é o problema, a questão é administrar o vaivém dos exemplares, as entradas e saídas, as notas fiscais de consignação, acerto e venda, e ainda fazer a prestação de contas de cada título vendido.

Estamos às vésperas de mais uma Primavera dos Livros neste final de outubro, e temos de contar todo o estoque para saber o que vai ser levado, quantos têm de cada um, quantos exemplares levar de cada título, e torcer para que não chova e vendamos bastante para compensar o "esforço de reportagem".

Vender livro não é fácil, porque não é artigo de primeira necessidade, principalmente para quem vende poesia, menos primeira necessidade ainda para quem não pensa nisso, mas, no dia a dia, a poesia é praticamente indispensável. Mas só para quem faz uso dela. Quem não faz, nunca vai descobrir os benefícios que ela traz.

Mas voltemos à venda dos livros: o livro percorre um circuito que poucas, muito poucas pessoas sabem como é, e quanto custa. Quando explico para meus autores por onde seu livro vai passar e quanto será descontado do preço de capa, arregalam os olhos e dizem: "Não sabia que era tão caro".

Sim, é caro, livro é quase um artigo de luxo, por isso que tantos ganham dinheiro com ele, mas não necessariamente quem escreve e edita, esses estão numa das pontas e pagam para o livro circular. A gente paga para vender e, como diz minha amiga e editora Flávia Iriarte, se der para pagar as contas no final do mês, ficamos contentes.

Livro não é para principiantes. O mercado editorial é para profissionais. E quem quiser entrar na roda, vai ter de girar um bocado para fazer seus livros chegarem a algum lugar, mesmo com a ajuda dos canais de venda. O importante é divulgar. E ter um bom livro para vender. O resto o tempo cuida.

Rio de Janeiro, 15/10/2013 - 1h48

O QUE OS LIVROS NOS ENSINAM

Há autores com que me dou extremamente bem. Há outros, no entanto, que, não sei se por raiva ou inveja, inventam mil trapalhadas para tornar o relacionamento impossível. A relação autor/editor é muito complexa e complicada. Acho que pesa o fato de sabermos fazer algo que ele não faria sozinho, e isso causa alguma frustração.

Se o autor não confiar 100% no editor, este não deverá fazer o livro do outro. Edição é uma questão de confiança. Ou se confia, ou não se confia. Confiar em parte não é confiar. Sempre procuro a melhor solução para um livro, como se fosse meu, e depois o entrego pronto ao seu autor. Não preciso me apoderar de um livro que não é meu. Eu tenho meus próprios livros. E não precisaria editar mais ninguém.

Nunca se sabe o que vai na cabeça de um autor durante toda a preparação de um livro, mas sei que ele passa por muitos medos e quase consigo adivinhá-los, ou antever um problema, e tento atalhá-los a tempo. Mas há problemas incontornáveis, quando não se tem respeito pelo trabalho do editor, ou este é depreciado por o autor considerar sua obra maior do que o trabalho do editor. Nenhum é maior do que o outro, eles são complementares, pois sem um, o outro não existiria. Sem o autor, o editor não teria o que fazer, e sem o editor, o autor não teria livro. A não ser que se torne seu próprio editor. O que é muito justo e válido. Mas atacar o editor por achar que este irá se locupletar do livro alheio é uma sandice.

Não há ganho ao se fazer livros. Ao contrário, temos de investir um tempo insano para fazer algo que não nos pertence. E o único trunfo é ter feito. Principalmente pequenas tiragens de livros inéditos de novos autores. O que se ganha é ínfimo perto do préstimo que é elaborar o livro. O menor ganho que seja será para pagar custos, e não há nada que possa ser feito inteiramente de graça. Assim a satisfação de um editor está em ter realizado o trabalho, e ver o autor satisfeito. Isso não tem preço. Nenhum dinheiro paga essa realização. Mas ao autor ingrato, eu reservo o meu desprezo. Pois sua húbris é maior do que sua obra. E nada poderá fazê-lo entender que ele não teria feito nada sozinho, a não ser que o fizesse. E não poderá tirar o meu mérito por tê-lo feito.

Fazer livros é uma troca. De conteúdo pela forma. A ideia ganha corpo. Torna-se um objeto, ganha vida, materializa-se. Essa materialização tem um preço. Às vezes, é uma amizade. Outras vezes, é um contentamento.

Rio de Janeiro, 5/03/2015 - 20h00

UM LIVRO É PERMANENTE

A maior satisfação de se fazer um livro é vê-lo se "construindo". A partir do texto inicial, ir montando, passo a passo, a capa, a apresentação, o texto das orelhas, da contracapa, as fotos, e ver se o conjunto ficará bem, e verificar o que está faltando. Saber, ao ver a imagem da capa, como ela será. E aprofundar-se no conteúdo que se realça pela forma que o livro vai tomando. Ver um livro em construção é uma experiência única, em que nenhuma etapa se adivinha: ela se revela. E essa revelação é que traz a satisfação de se fazer um livro. Conhecer cada etapa como ela aconteceu, os acasos que fizeram o livro, os erros, as omissões e os acertos. A revisão em busca da correção gramatical. A montagem do texto nas páginas. O livro como ele será lido. Descrever o futuro a partir do presente. O livro é permanente. Nós, não. Mas nosso trabalho fica e vinga. E dá frutos. Nem que seja daqui a 50 ou 500 anos.

Rio de Janeiro, 7/03/2015 - 3h47

O ESQUECIMENTO DOS AUTORES BRASILEIROS

Aos dez anos, li, maravilhada, a crônica de Cecília Meireles, "A arte de ser feliz", em que vi, mentalmente, pela primeira vez, algo descrito por palavras. Uma pomba sobre um globo de louça azul que, às vezes, tomava a cor céu e parecia pousar no ar. Eu vi a pomba pousada no ar! A partir daquele momento, não fui mais a mesma. Iniciava assim a leitura de autores brasileiros que estavam à minha mão. Aos doze, fiz o papel de Nossa Senhora em "O Auto da Compadecida", de Ariano Suassuna, em classe, a pedido da professa Lucy Ramos, que foi aluna de Cleonice Berardinelli.

Os professores de português e literatura na época eram bastante generosos e líamos a grande literatura brasileira: Carlos Drummond de Andrade, Clarice Lispector, Autran Dourado, Lygia Fagundes Telles, José Lins do Rego, Luís Jardim, Viriato Corrêa, Machado de Assis, José de Alencar, José Mauro de Vasconcellos, Guimarães Rosa, Graciliano Ramos, Vinicius de Moraes, Manuel Bandeira, Mario de Andrade, Oswald de Andrade, Ignácio de Loyola Brandão, Marcos Rey, Mario Prata, Odylo Costa, filho, Paulo Leminski, Hilda Hilst, Olga Savary, Nélida Piñon e tantos outros que figuravam nas antologias de contos e poesia que tínhamos à nossa disposição. Líamos literatura nacional e aprendíamos a escrever com eles. Foi o livro de Clarice, "Uma aprendizagem ou O livro dos prazeres", que li aos quinze anos, que me fez decidir ser poeta e começar a guardar meus poemas para publicá-los um dia.

O que aconteceu depois? A literatura brasileira foi abandonada e sucateada em edições esgotadas e deixou de ser ensinada na escola, substituída por novos autores ou livros estrangeiros traduzidos e nunca mais os alunos puderam ler o que se escrevia no Brasil, só o que era traduzido em best-sellers. Os conceitos deixaram de ser nossos e passaram a usar parâmetros americanos ou europeus sem o devido distanciamento.

Hoje os novos autores escrevem sobre vampiros, anjos, demônios, bruxos, reis, magos e as heroínas moram nos EUA ou na Inglaterra, mesmo que o assunto pudesse acontecer aqui. Abandonaram os temas brasileiros e a dicção se tornou estrangeira, além dos inevitáveis erros em português. Abandonaram nossa língua e não conhecem mais a gramática e os verbos. Falam de ETs, do Egito Antigo, do Oriente Médio, mas o que é brasileiro não existe mais na literatura nacional.

Falta ler os nossos próprios autores. Eles não figuram mais na lista dos mais vendidos como há 30 anos. Só livros que absolutamente não nos interessam. Quem quer saber só de 50 Tons de Cinza? E este está no topo da lista. Vende, porque é fácil de ler. É feito para vender. Mas não é literatura. É comestível. Deglutível. Facilmente digerível e dispensável. Não faz pensar. Não faz refletir. Só interessa o imediatismo do sexo. Por mais que o sexo tenha estado presente na literatura de todos os tempos, falta identidade linguística. Os conceitos não são nossos.

A língua original não é nossa, portanto, nem a forma de falar sobre esse assunto. O texto escrito em português, em bom português, difere de qualquer tradução, porque, por melhor que seja, é uma tradução, não um original em português, e por isso os novos autores escrevem tão mal sobre assuntos que não conhecem, ou os estudam no lugar de outros mais próximos de nós.

A literatura é universal. Um russo falará da miséria da mesma forma que um brasileiro, porque a miséria é comum a qualquer país, mas a língua é outra. Não adianta transpor uma experiência sem ter vivido a própria experiência. Por isso autores brasileiros são mais importantes que os estrangeiros, por melhores que estes sejam. Eles falam e escrevem em nossa língua, estudada em todo mundo como algo excepcional, só nós não aproveitamos tanto quanto eles.

Ler autores brasileiros é fundamental para escrever bem em português. Sem eles, os novos textos serão espúrios. Sem vocabulário, sem estrutura gramatical, sem identidade nacional. Emprestado a nós para esquecermos nossa própria língua.

Rio de Janeiro, 7/02/2015 – 15h03

AS SURPRESAS DO LIVRO

Eu deveria estar habituada, mas não há como me habituar com surpresas. Se tivéssemos previsão de tudo o que vamos fazer, não haveria emoção alguma em fazê-lo. O que os distingue é a novidade. O que não sabemos como irá acontecer. Se começo algo sabendo exatamente como vai terminar, que graça tem? Posso desejar que termine bem, mas isso não me garante o resultado.

O passo a passo é que me faz acreditar que estou no caminho certo. A surpresa é inerente. Nada termina como começou, nem nenhum livro sai como entrou. Ele sofre um processo de transmutação entre ideia e realização. Quando me veem com um livro "pronto", eu sempre aviso que ele poderá mudar, não porque eu queira, mas porque o próprio livro quer.

É o livro que pede a mudança. Quando entrei naquela livraria para esperar o horário do cinema, não esperava que eu fosse ser puxada pela manga para olhar uma publicação que tinha uma palavra que eu precisava emendar no livro que estava revisando.

Toda vez que erramos numa revisão, em seguida vem o conserto através de outro livro, de uma matéria no jornal ou notícia na TV, ou até numa conversa ao acaso, ou placa de rua. É o acaso que faz com que percebamos os erros. Tudo é muito sutil, não dá para explicar por que acontece assim, apenas que acontece.

Já me vi tantas vezes enredada em revisões que não sei como vão acabar (mas que acabam), que só quando estou com o produto final nas mãos eu sei que consegui terminá-lo. Quando me trazem um livro "pronto", eu digo: "Não é assim que se faz".

O livro faz a si mesmo, e nos refaz junto com ele. Eu tenho que descobrir o que o livro quer, porque como todo ser novo, ele quer toda a atenção que merece.

Rio de Janeiro, 25/08/2015 – 12h15

EXPERIÊNCIAS NUMA FEIRA DE LIVROS INFANTIS

I

Avô me faz um desabafo:

– Livro para criança pequena tinha que ter pouco texto.

Eu respondo:

– Sim, mas ela vai ter que aprender a ler em alguma hora, né?

(Os livros têm pouco texto. Só que ele queria texto nenhum.)

II

Filha escolhe livro sobre dinossauros no stand ao lado e mãe diz que ali não tem uma história. A filha insiste e pega outro livro sobre bichos que também não tem uma história.

Eu pergunto o que ela gosta de ler. Eu mostro este *Mundo de algodão*, de Mariana Reade, de 2010, com dez contos infantis para adultos, mas que as crianças adoram. A mãe decide comprar para contar para a filha.

A filha olha o livro e diz:

– Eu não quero!

A mãe responde:

– Eu vou ler pra você.

– Eu não quero!

E fecha a cara.

Eu digo:

– Mamãe está comprando pra ela.

A mãe pagou e foi embora.

O livro é lindo. Eu disse a ela que minha advogada comprou para o filho dela e depois comprou mais dez para dar aos amigos do filho. Foi isso que a convenceu.

Nada como poder de persuasão.

III

Um casal de gringos veem o livro de Michael Jackson e se surpreendem por ser bilíngue, mas como eles moram no Brasil e falam português perfeitamente, perguntam se tem aquela feira de livros infantis todo ano.

– Sim, este é o terceiro ano – eu respondo.

Ela sorri satisfeita e vai embora.

IV

A menina folheia o Príncipe Sidarta: A história de Buda.

– Ih, esse é difícil de ler – ao se deparar com as páginas cheias de texto.

Os pais riram.

Eu disse:

– Alguém lê pra você.

E foram embora.

V

A minha experiência junto a pais e filhos pequenos foi estarrecedora. Nunca vi pais e filhos tão mal educados. As crianças choravam, gritavam e se jogavam no chão. Houve um filho que caiu em prantos quando o pai disse que não iria comprar o livro que estavam olhando, porque o filho se distraiu e olhou para o lado. Só vi um menino com QI excepcional, cujos pais reclamaram que o filho lhes dava "muito trabalho". Ora, reclamar que o filho é inteligente demais? Ele era fascinante. "Ah, mas ele só faz o que ele quer". E queria o quê? Vi que eles se achavam desafiados pelo excesso de inteligência do filho. Perguntei pelo signo da criança: "Aquário". Ele está cinquenta anos à nossa frente. Isso fora as meninas que dobravam os livros com as duas mãos como se fosse uma toalha. Tive de chamar a atenção de três delas. Torno a repetir: é preciso educar pais e filhos...

Jardim Botânico, 22/05/2016 – Dia de Santa Rita de Cássia,
Padroeira das Causas Impossíveis.

A VIDA DOS LIVROS, COMO ELA É

Os autores se dividem entre bons e quase bons. Nem tudo corre às mil maravilhas entre autor e editor, dependendo do que o primeiro espera do segundo. Eu, por exemplo, espero que seja educado, sempre. Mas o autor, em geral, espera um passe de mágica, que, ao publicar o livro, ele venda como pipoca. Até poderia vender, se o autor tivesse trabalhado para isso. O editor só faz o livro. Ele não é assessor de imprensa, nem tem uma agência de publicidade. Um editor não é um marqueteiro. Para isso, existem outros profissionais que cobrem essas áreas. Um editor cuida, no máximo, da venda dos livros depois de fazê-los. Às vezes, nem isso. Mas autoimagem ele não pode criar. Nem que o autor seja melhor do que é, nem venda mais do que vende. Tudo que ele fez está no livro. E o livro se basta por si só. Há autores gratos, isso há, graças a Deus. E, aos ingratos, eu só reservo uma palavra: pena. Porque ele não pode ser maior do que seu livro. E o livro sempre será mais importante do que ele, se ele quiser medir forças com o editor. O editor só edita o livro. Ele não edita o autor.

Rio de Janeiro, 26/05/2016 - 19h22

A PRINCESA E A ERVILHA

Uma das histórias que eu mais gostava de ler quando era pequena era "A princesa e a ervilha", de Andersen, pela singeleza e autenticidade com que era contada (e recontada) num livrinho bem pequeno que meu pai me deu. Eu desprezava o texto em francês que eu não conseguia ler, mas conhecia palavra a palavra, fitava as gravuras quase saltando para dentro delas, percorrendo os passos da princesa que chegava encharcada ao palácio do príncipe que só queria se casar com uma "verdadeira princesa".

Esse destaque para a princesa de "verdade" me angustiava, mas eu sabia que a princesa era autêntica, porém ela estava toda molhada e descabelada, sem parecer princesa de jeito nenhum. A rainha teve, então, uma grande ideia: pôs uma ervilha debaixo da pilha de colchões que fez para a princesa dormir. Se ela realmente fosse uma princesa, saberia que a ervilha estava ali. Mas, como?

Na manhã seguinte (e a história acabava rápido), tudo foi resolvido: ao ser perguntada como tinha dormido, a princesa respondeu que muito mal, pois passara a noite toda incomodada com algo debaixo dos colchões. Era a ervilha! Então o príncipe soube que estava diante de uma princesa de verdade, e pôde pedi-la em casamento.

Hans Christian Andersen conta esta história apenas numa página de livro, mas eu repassei o conto mil vezes na minha cabeça quando era criança e nunca entendi por que nunca tinha sido publicado no Brasil. Recentemente, eu soube que sim, mas ainda nunca vi. Perguntei a amigos editores e eles não conheciam.

Há uma edição francesa com imagens lindas que quero comprar para publicar, mas não é a mesma, é uma adaptação, mas não resisti às imagens... Ainda estou na fila de espera para conseguir os não sei quantos mil euros para comprar a edição, traduzido por Astrid Cabral (já traduzi o livro, mas ainda não publiquei).

Para ser editor é preciso ter muito dinheiro para bancar todos os sonhos e transformá-los em livros de verdade. Fim da história.

Rio de Janeiro, 26/05/2013

PRIMEIRO LIVRO

De: Fernando C.
Enviada em: quinta-feira, 16 de junho de 2016 14:46
Para: ibislibris@gmail.com
Assunto: primeiro livro

Olá, meu nome é Fernando, quem me indicou sua editora foi o Renato A. Eu tenho interesse em lançar um livro com vocês. Este é meu primeiro livro e não tenho experiência alguma sobre edição. Por favor, poderiam me ajudar?
Obrigado pela atenção,
Fernando

De: Ibis Libris
Enviada em: quinta-feira, 16 de junho de 2016 14:53
Para: Fernando C.
Assunto: RES: primeiro livro

Fernando, como vai?

Renato A. não publicou um livro conosco, mas já participou de uma antologia em 2012. Em geral, quem quer lançar um livro não sabe como fazê-lo. Por isso a editora surgiu em 2000, para ajudar os autores a fazer o seu primeiro livro. E aí eu lhe devolvo a pergunta: já terminou de escrever? Sobre o que é o livro? Prosa ou poesia? Que tipo de livro gostaria de fazer?

Se o texto já estiver terminado, poderá me enviar para eu fazer uma avaliação editorial, ou seja, ver se o texto está bom para ser publicado. A partir daí, terei de lhe informar os valores de produção editorial e de impressão, a partir do número de páginas do livro e da quantidade de exemplares que desejar, além do formato. Tudo isso nos ajuda a chegar a um valor. Se já tiver seu original em Word, pode

me mandar para eu lhe passar uma ideia de preço. Depois marcamos uma reunião para acertarmos mais detalhes, fechar um contrato, prazo de pagamento, entrega dos livros, lançamento e distribuição.
Abraços,

Thereza Christina Motta
Ibis Libris
Editora

N.E.: Fernando C. nunca respondeu meu email.
Rio de Janeiro, 16/06/2016 – Bloomsday

A ÚNICA COISA QUE NÃO SAI DE MODA SÃO OS LIVROS

Você pode fazer o que quiser, ser cabeleireiro, skatista, comissário de bordo, professor de matemática, geriatra, plantonista, e pode querer escrever um livro. Livro é a única coisa que cabe em qualquer profissão, basta criar tempo para escrevê-lo, porque toma tempo. E nunca sai de moda. A mocinha faz de um tudo, se dedica à profissão, vai a todos os lugares, um dia, escreve um livro. Conta lá o que quiser. A senhora, o senhor, até o ascensorista tem uma história de vida para contar. Até o adolescente. Em qualquer atividade cabe um livro. Só não escreve quem não quer. Agora, saber escrever e escrever bem é outra coisa. Mas não é disso que estamos falando. Escrever e publicar nunca sai de moda desde... muito antes que imaginamos, senão como saberíamos sobre povos antigos? Escrever, registrar sua história, desenhar faz parte da humanidade, mesmo sem saber de onde viemos. Não tem importância, porque escrever nunca sai de moda. Nem ler. Nem contar histórias.

Rio de Janeiro, 8/07/2016 - 19h10

POESIA EM TEMPOS DE CRISE

Livros de poesia são pièces de résistance. Quando tudo o mais parece fenecer, eles sobrevivem dando novo fôlego a quem pensa que está no fim. Quando não há mais nada a ser feito, os poemas são escritos, na solidão, na clausura, na prisão, no exílio. As cantigas de amor e de amigo surgiram na distância. A poesia supre quando se pensa não mais haver saída, porque é escrevendo que aprendemos a esperar. E os que leem aprendem também. Como o poema de William Ernest Henley, que Nelson Mandela leu durante 30 anos em sua cela, acreditando que um dia iria sair de lá, invicto, com a cabeça erguida, como diz o poema. Muitos poemas alimentam nossos sonhos e constroem a nossa fé. Seja escrevendo ou lendo-a, a poesia tem sido o cimento para abrirmos as estradas para onde queremos ir. Minha tradução para o poema de William Ernest Henley (1849-1903):

INVICTUS
William Ernest Henley
(1875)

Diante da noite escura que me cobre,
Como uma cova aberta de um lado a outro,
Agradeço aos deuses
Por minha alma invencível.

Nas garras vis das circunstâncias,
Não titubeei, nem chorei.
Sob os golpes do infortúnio,
Minha cabeça sangra ainda erguida.

Além deste vale de iras e lágrimas,
Assoma-se o horror das sombras,

E apesar dos anos de ameaças,
Sempre me encontrarão destemido.

Não importa quão estreitas sejam as passagens,
Nem quantas punições sofrerei:
Eu sou o senhor do meu destino:
Eu sou o capitão da minha alma.

William Ernest Henley escreveu o poema em 1875, mas somente o publicou em 1892, numa coletânea chamada "Echoes".

Rio de Janeiro, 3/08/2016 - 14h51

FAZER LIVROS É UMA AVENTURA

Fazer livros é uma aventura. Como correr atrás do Coelho Branco da Alice. Estamos sempre atrasados em relação a um livro. Sempre correndo atrás do que ele precisa. A docilidade do papel para se criarem os livros. São séculos de aprendizado para entender o ofício. O que uma vida inteira não dá cabo. Ontem fui a um sebo aqui perto de casa comprar um livro importante para mim: "As cidades invisíveis", de Ítalo Calvino. Ninguém faz ideia do que foi entrar naquele sebo apinhado de livros em busca desse exemplar, "resgatando-o" do passado. O livro tem esse dom de nos transportar. Uma máquina do tempo.

Rio de Janeiro, 3/04/2012

A EXPERIÊNCIA DA PRESSA, DE NOVO, NÃO DÁ

Raphael Montes em sua coluna no jornal O Globo deu seus conselhos a novos escritores, apontando a necessidade de não se ter pressa, nem de querer fazer tudo de afogadilho. Mas discordo quanto à autopublicação ser a última opção. Não há problema algum em o autor bancar seu próprio livro, desde que a editora que o publica se encarregue de ajudar na distribuição. É o que eu faço. E concordo que "cada escritor tem sua história". Todo esforço vale a pena quando se trata de um livro. Tudo que fiz pelos meus livros valeu cada centavo que gastei, cada minuto que perdi. E vale o mesmo para todos os livros que publiquei de outros autores. A experiência da pressa é que não dá. Toda vez que corremos com o processo natural do livro, ocorre um erro, por menor que seja. Cinco minutos a mais não irão atrasar mais o seu livro, mas aquela última olhada poderá fazer toda a diferença.

Rio de Janeiro, 25/11/2015 - 18h31

LIVROS IMPRESSOS X E-BOOKS

Temos de fazer e-books e vender só e-books daqui a pouco, porque o custo de impressão está estratosférico. A Amazon previu isso há muito tempo. Quem gosta de livro em papel, vai tê-lo ainda por algum tempo, depois vai voltar a ser artigo de luxo, como era na Idade Média. Seria ótimo fazer novamente livros com iluminuras, à mão. Mas a Xerox inventou o livro digital que imprime por demanda. Estocar para vender não é a chave para o sucesso e, sim, imprimir o que foi vendido. Jeff Bezos faz isso na Amazon. O esquema é híbrido ainda, meio papel, meio digital. Vai nos custar muito para conseguirmos digitalizar tudo, mas já somos meio digitais. Um apagão vai sumir com tudo. Igual ao vídeo que recebi pelo zap. A quarta revolução industrial, a da era digital. Já imaginou ser diagnosticado por um robô e ter um advogado virtual que nem o atendente da Net? Com 60.000 homicídios no Brasil, mais do que todo o resto do mundo somado é para se perguntar o que será de nós.

Rio de Janeiro, 1/02/2018 - 11h09

PARA NÃO INFARTAR COMO EDITOR

Receita para evitar problemas com o autor

1. Não aceite a presença do autor enquanto faz o livro.
2. Não aceite acréscimos e alterações depois da diagramação.
3. Não aceite autores que pechinchem.
4. Não aceite modelos de outros livros, nem um livro pronto.
5. Não aceite que liguem fora do expediente, muito menos no fim de semana.
6. Não aceite que o autor o apresse.
7. Não aceite que o livro seja reescrito depois da diagramação.
8. Não confie na revisão do autor, nem na do revisor.
9. Não espere que o autor entenda o que você está fazendo.
10. Não se torne confidente do autor.
11. Não use jargão editorial.
12. Se tiver de rediagramar, cobre novamente pelo serviço. Adiantado.

Rio de Janeiro, 7/03/2018 – 17h44

COMO VAI A EDITORA?

Em meio à produção intensa de livros, dou-me conta que não sabem o que estou fazendo, mas sempre me perguntam: "Como vai a editora?" ou "Tem escrito muito?". Eu não tenho escrito ultimamente, mas tenho cinco livros inéditos prontos, duas traduções terminadas, fora os livros da Ibis Libris que não são meus, mas é como se fossem. Tem os meus-meus e os meus-deles, porque ao fazer um livro para alguém torna-se meu enquanto estou fazendo, depois solto-o no mundo e seja o que Deus quiser. Quanto aos meus-meus, fico pensando se valem a pena, aí descubro uma leitora aqui, alguém que postou um poema meu lá, as visitas aos meus blogs de poesia (com mais acessos do que eu poderia imaginar), e os novos livros que quero fazer que ainda não fiz ou não terminei. Tudo dá um trabalho imenso e às vezes vou dormir tarde por conta disso, porque não durmo enquanto não termino. Fora o que não é poesia e que também precisa ser feito, como a biografia do meu tataravô e o livro sobre minha avó, e outro que me pediram sobre Marco Polo (não o de poemas, a história mesmo), e há outros ainda fervendo, sendo cozidos no fogão permanente da imaginação. Um dia, saltam para fora. Fora as inúmeras traduções que ainda poderei começar e que não sentei para fazer. E o romance epistolar do meu pai (descobri novas cartas que estão sendo digitadas) que promete. Vai ser o único romance que irei escrever, porque não dou para isso. Meu lado poético me diz que não consigo escrever tanto. Mas nunca se sabe.

Rio de Janeiro, 10/03/2018 – 10h30

EDITORA HÁ 40 ANOS

Em 1978, eu me tornei editora do Jornal Análise do DCE da Universidade Mackenzie por WO, porque todos que faziam parte da redação até o ano anterior se formaram e saíram, então, como só fiquei eu, que em 77 era caloura, assumi interina e definitivamente a editoria, passando a publicar poemas e matérias pertinentes ao campus. E ali fiquei até 1980, quando fundei o Grupo Poeco-Só Poesia, reunindo os poetas mackenzistas e fazendo o Concurso Mackenzie de Poesia, de âmbito nacional, entre outras atividades literárias. Assim estou comemorando 40 anos que me tornei editora por vontade própria e mal sabia eu que era minha vocação, que depois se tornaria minha profissão. Já perdi a conta de quantos livros fiz no Poeco, para mim e para os outros, e durante a longa carreira de editora e livreira (já tive duas livrarias, uma em SP e outro no RJ), que se sedimentou depois que voltei para o Rio em 1999. Em agosto de 2000, lancei Poesia profana de Ricardo Ruiz, que pensei que seria o único livro da Ibis Libris, mas não foi. Coordenei o Ponte de Versos por quinze anos, lancei quatro antologias do movimento poético do Rio e a editora já tem mais de 400 títulos publicados. Tudo porque resolvi ajudar um amigo a publicar seu primeiro livro de poesia. Eu já fazia os meus, mas isso não queria dizer que eu fosse aceitar a empreitada como trabalho contínuo. Só que publicar é muito mais do que fazer livros. É mudar de atitude, é mudar a vida de pessoas, é alterar para sempre a face da terra com mais um livro (quem pensa que não, lembre-se de livros como "O Príncipe" ou "A Divina Comédia" escritos por exilados e renegados em sua terra). Publicar livros muda para sempre o status quo. Não só pelo esforço de fazê-lo, mas por todas as consequências por causa de sua existência. Comemoro feliz esses 40 anos, porque algo que comecei naturalmente tornou-se minha identidade, e que descobri que faço melhor do que qualquer outra coisa.

Rio de Janeiro, 10/03/2018 - 12h20

MINHA MÃO CONTÉM PALAVRAS QUE NÃO ESCREVO

Com este título iniciei o primeiro poema do livro que escrevi a quatro mãos com o poeta Álvaro Alves de Faria, em 8 de junho de 2016, depois de termos nos "reencontrado" pelo Twitter. Ele me propôs que escrevêssemos em sequência 22 poemas cada um, intercalados, um em resposta ao outro, e o tema seria a poesia e os poetas, portanto, metapoema, daí o primeiro verso que escrevi. O 44º poema foi escrito pelo Álvaro em 28 de julho de 2016, ou seja, um mês e vinte dias depois.

O que me surpreendeu foi que fiz poemas diferentes do que estava habituada a escrever, e ele por sua vez, foi acompanhando, ora seguindo, ora orientando para onde estávamos indo. O processo foi rápido, mas o resultado foi surpreendente. Eu não esperava ter escrito o que escrevi, a começar pelo primeiro poema, que deu título ao livro (claro que ele me deixou começar por cavalheirismo).

Durante quase um mês e meio, ele também era pego de surpresa pelos poemas que eu escrevia e me perguntava se eu estava chateada com ele. Claro que não. Mas a comunicação por email pode ser muito falha e houve alguns mal-entendidos.

Depois que os poemas ficaram prontos, comecei a preparar a edição, sempre prometendo que logo ficaria pronto, o que não consegui. O ano de 2017 foi muito árduo, praticamente sem dinheiro para fazer nada. De 40 livros anuais dois anos antes, fiz somente dez, o que é uma catástrofe em termos de receita da editora. Mas consegui, por esforço hercúleo, imprimir alguns exemplares no meio do ano, que mandei para Álvaro, mas não consegui ir a São Paulo para lançá-lo. Fui para a Bienal, mas não lançamos o livro como havíamos planejado.

No começo de 2018, Álvaro se queixou dizendo que o tempo do livro tinha passado e que não cabia mais lançá-lo. Mas sequer tinha sido lançado ainda, respondi. A ansiedade fez com que ele se cansasse de esperá-lo. Fiquei triste de não poder atendê-lo, mas disse que eu acreditava que, ao contrário, o tempo do livro ainda não tinha chegado, que tinha ficado lindo, bem editado, etc., e que em alguma hora iríamos conseguir lançá-lo e ele me disse que faria o que eu dissesse. Apesar disso, anunciei o título na loja virtual da editora, apenas para constar, mas não acreditava que alguém fosse comprá-lo. Os poucos exemplares que fiz acabaram logo (imagine) e, os demais, mandei para Álvaro levar para Portugal e Espanha no final do ano.

Qual não foi minha surpresa quando, em 11 de fevereiro, pouco depois de Álvaro se queixar sobre a falta de lançamento, recebi um pedido de compra de um exemplar de uma moça que eu não conhecia: Mariangela Bazbuz, a quem tive de explicar que o livro estava sendo reimpresso, mas que eu estava esperando encontrar um bom preço por ele (na verdade, eu arrisquei, nem sabia como ela iria reagir), e perguntei, candidamente, por que tinha se interessado por ele. Aí ela me explicou que tinha achado o título interessante, por dizer algo sobre o momento que ela estava passando. Por causa disso, seguiu-se uma série de emails até o início de março, quando eu já tinha conseguido um preço excelente para reimprimir o livro em seis dias úteis! Ela se surpreendeu de a própria autora responder ao email, além de ser a editora do livro. Contou um pouco sobre ela, como tinha se aproximado da literatura e fazia parte de um grupo de leitura de textos de Clarice Lispector em Niterói! Tudo em literatura conspira.

Agora o que ela não esperava: por causa do pedido dela, o livro vai finalmente nascer. Recebi a notícia de que ficou pronto anteontem e saiu de São Paulo na sexta-feira e vai chegar aqui amanhã. Incrível como a vontade dela de ter o livro fez com que ele ressurgisse. Chegou a hora de entregá-lo a Mari. Eu vou poder confirmar para Álvaro que o tempo do livro realmente ainda não havia chegado, e que, como sempre, é preciso esperar pelo tempo do livro. "Minha mão contém palavras que não escrevo" nasceu agora.

Rio de Janeiro, 11/03/2018 - 9h36

(Dia em que escolhi o nome da editora, em 2000, a partir do apelido de Fernando Pessoa, Íbis, como ele se assinava nas cartas a Ophélia, a Íbis-bebê, e por sua imagem estar encravada no Pão de Açúcar, segundo a lenda, desde 1500 a.C., quando os fenícios estiveram por aqui. A editora foi lançada em 18 de agosto de 2000, no Museu da República, com o primeiro livro de Ricardo Ruiz, Poesia Profana.)

A GENTE PAGA PARA VENDER

O autor está numa das pontas da cadeia do livro. Entre ele e o leitor, existem vários estágios por onde o livro passa, e cada um leva uma parte. Do autor ao preço final do livro na livraria, existem vários percalços, mas nem todos sabem disso. Pensam que o livro chega automaticamente nas lojas, como se tivesse pezinhos ou asinhas. O autor escreve o livro, e aí começa o périplo: vai para o revisor, o diagramador, a gráfica, o distribuidor, a livraria e, finalmente, o leitor. Se não der problema em nenhuma dessas etapas (até mesmo o leitor), a missão está cumprida e o editor fica feliz, mas não mais rico por causa disso e, evidentemente, que o autor também não. A gente paga para vender.

Rio de Janeiro, 25/03/2018 - 13h15

ATENÇÃO AO VOCATIVO

Noto, com constante insistência, que as pessoas esquecem, ou não sabem o que é o vocativo numa frase. O vocativo é assinalado com uma vírgula após o nome a quem se dirige a frase ou, após a frase, antes do nome a quem ela é dirigida. "Pai, venha cá", "Bom dia, amor", "Querida, encolhi as crianças". No Facebook, caiu em desuso. Desuso por esquecimento da regra. E noto o mesmo em todos os livros que recebo para publicação, seja poesia, conto ou romance. "Deus, por que me abandonastes?" Revisores deixam escapar. Autores negligenciam a regra. No dia a dia, não se põe a vírgula do vocativo, onde é devida. A pontuação, em geral, é desleixada. Ouço até me dizerem que não gostam de vírgulas! Bom, não gostam de nenhum sinal de pontuação, pois se esquecem do ponto de interrogação numa pergunta e o de exclamação numa resposta com ênfase. Confundem dois pontos com ponto e vírgula, e não sabem construir diálogos com travessões, colocando aspas quando esta é uma regra da ortografia inglesa. Vejo traduções serem feitas assim, com diálogos entre aspas. E os desavisados usam tudo: aspas, travessões e itálico, quando somente um deles basta. Mas a minha questão aqui é o vocativo. Não se esqueçam de indicá-lo, amigos!

Rio de Janeiro, 22/03/2015 - 14h17

O LIVRO COMO ELE É

Há livros que se bagunçam antes de ficarem prontos. Dá um trabalho danado explicar para o autor que tudo vai dar certo no final, é só ter paciência, mas é justamente aí que perdem a paciência, quando ela é mais necessária, e aí ouvimos uns desaforos que não mereceremos ouvir. Correção de livros é para os fortes.

Rio de Janeiro, 27/03/2014 - 14h12

NUNCA HOUVE TANTO ERROS DE PORTUGUÊS

Nunca houve tantos erros de português. Os erros se espalharam. Estão nas revistas, jornais, artigos, discursos, entrevistas, banners, postagens, até em cartões de visita. Está na simples comanda do garçom, no menu da pizzaria, no cardápio do restaurante, no outdoor, na legenda dos filmes, nas closed captions e na dublagem. Estamos cercados por erros provocados pela má fala e a falta de correção. Diplomados erram a ortografia. Mestres e doutores não sabem pontuar, acentuar ou conjugar. Falta vo-ca-bu-lá-ri-o. E os revisores têm de fazer de tudo para colocar crases, vírgulas, abrir parágrafos e montar diálogos. Quando alguém me diz: "Já está revisado", eu não acredito. No último livro, foram 142 erros em menos de 80 páginas. Na verdade, são só 40 páginas, porque apenas há texto nas páginas ímpares. O número de erros por página dobrou. E nem digo a idade do autor. Nunca se precisou tanto de revisores quanto hoje.

Rio de Janeiro, 28/03/2018 – 8h54 – Dia do Revisor

LIVROS TÊM PODERES QUE NEM SUSPEITAMOS

Toda vez que entro numa livraria, ligo um radar, como se estivesse pronta para ver algo que jamais esperei encontrar. Só que isso não é consciente. Mas como já aconteceu várias vezes comigo, sei que basta entrar numa livraria para esse fenômeno se repetir. Sempre puxo um livro que nem imaginava existir.

Estranha capacidade dos livros de nos chamarem de onde estão, imóveis em sua estante, como se falassem conosco por telepatia. "Venha, venha", eles dizem, mas num tom tão inaudível, que não prestamos atenção no que estamos ouvindo, só quando já o temos na mão é que entendemos a mensagem.

Livros têm poderes que nem suspeitamos. Carregam histórias de vidas. Carregam mensagens, segredos, revelações e mistérios. Um livro não é vencido pelo tempo. Pode levar uma eternidade, mas, um dia, será lido. E não é preciso ler todos os livros do mundo (nem aquela lista dos 100 melhores da BBC) para dizer que leu – eles só serão lidos se tiverem utilidade. Se forem inúteis, nunca serão lidos – e, sim, outros muito mais úteis para nós.

Os livros que não li, eu não precisei ler, já que nunca sentiram minha falta. O livro de que precisei atirou-se em mim.

Rio de Janeiro, 1/04/2018 - 10h40

DUAS REVISORAS

Duas revisoras. A é gentil, B é menos gentil. A entregou o serviço e recebeu o pagamento. B recebeu o pagamento, mas terá de rever a revisão. Enquanto A fez tudo sorrindo, B reclamou do atraso do pagamento, sendo que o de A também atrasou. Tudo depende de como se lida com o trabalho que se faz. Ou se faz pelo trabalho, ou se faz pelo dinheiro. Se for pelo dinheiro, o trabalho não será tão bom, nem a convivência amistosa. Se for pelo trabalho (que também é dinheiro), a relação será muito mais feliz e teremos revisora e editora satisfeitas.

Rio de Janeiro, 9/04/2018 - 18h31

REVISÃO, A QUANTO OBRIGAS

Ofício de Revisor: por trás de um texto, tem uma pessoa.
Ofício de Editor: por trás de uma pessoa, tem um livro.

Tem que se ter muita paciência para chegar ao fim de uma revisão.
Ler até não encontrar erro algum. Nem sempre o autor aguenta.

Rio de Janeiro, 9/04/2018 – 10h11

O PRIMEIRO LIVRO ABRE TODAS AS PORTAS

O primeiro livro abre todas as portas. Depois dele, tudo fica mais fácil. Não se é mais aprendiz ou iniciante. Quem vê o segundo acha melhor que o primeiro, que poderia ser apenas tentativa. Como dizia minha mãe, deveríamos começar pelo segundo filho. Assim, deveríamos começar pelo segundo livro. Só que não. Foi o primeiro que abriu todas as portas. O primeiro é inesquecível, como foi para mim. Mas só a partir do segundo começam a nos levar a sério.

Rio de Janeiro, 11/04/2018 - 9h

CHAMA-SE CAPITU

Em 16 de março de 2016, recebi da gráfica (excelente por sinal), uma caixa de um livro meu que mandei reimprimir, pois a primeira tiragem de "Capitu", lançado em março de 2015, havia se esgotado, e qual não foi a minha surpresa, quando vi, escrito na etiqueta da caixa, bem como na nota fiscal de venda o nome do livro como "Chama-se Capitu". Depois do impacto, parei para considerar como aquilo teria acontecido. Alguém deve ter perguntado: "Como se chama esse livro?" E a resposta teria sido: "Chama-se Capitu", e foi o que o emissor de etiquetas (que sai junto com a nota fiscal) escreveu sem titubear. Imaginem alguém ter escrito: "Chama-se Senhora", "Chama-se Iracema", ou "Chama-se Moreninha", se esses fossem os títulos dos livros.

Fico pensando quantos pequenos (e grandes) erros ocorrem sem que os perpetrantes percebam. Assim deve ter surgido a coluna (agora extinta) no jornal O Globo, "Estreouvido por aí", em que publicavam umas "pérolas" desse tipo. "Você está se achando o gás da Coca-Cola", frases como essa que mostram a inovação (ou a perturbação) linguística que anda pelas ruas. Porém, no caso do meu livro, o analfabetismo funcional foi grave. Primeiro, quem faz a nota não sabe que livro é, nem viu a capa, depois nunca ouviu falar de Capitu, nem discutiu se o que lhe pareceu óbvio seria o certo, não checou se o que estava na nota condizia com a mercadoria que seria entregue: não, mandou ver.

Ao receber a caixa, fiquei perplexa, porque é o mesmo tipo de sintoma de quem abre uma lata de ervilhas de cabeça para baixo. Não está lendo. Porque quem lê se incomoda imediatamente de abrir qualquer pacote ao contrário. Ou pelo lado errado. Incomoda a mim, certamente, mas vejo que incomoda menos cada vez mais pessoas. Elas não se importam de fazer nada de trás para frente, nem de checar a ortografia dos nomes que escrevem. Digo, nomes próprios, porque os substantivos comuns esses já caíram no esquecimento. Mas se o nome de alguém é escrito com mais consoantes do que o normal, temos que checar para poder reproduzi-lo num livro. No entanto, adoram escrever Nietzsche sem verificar as letrinhas, ou qualquer palavra em alemão, italiano, espanhol, francês ou inglês, sem verificar a ortografia, seja de substantivo simples ou nome próprio. Daí eu verifico a seriedade que falta a quem quer publicar livros. Não só as informações devem estar corretas (e checadas) como datas, nomes, locais devem estar conferidos. Já vi tantos descalabros em citações que fico pasma só de lembrar. Mas não quero apontar erros, apenas. Estamos aqui continuamente aprendendo. Porém, cada vez mais cercados de ignorãças, como disse Manoel de Barros, embora possa não ter se referido nesse contexto.

Meu avô (sempre ele) dizia: "Mostre o pouco que sabe e não o muito que desconhece". Nisso ele foi sábio: falar daquilo que conhecemos é melhor do que nos aventurarmos por onde não sabemos nada. Em um livro que traduzi há alguns anos, um feiticeiro dizia para uma menina (aprendiz de feiticeira): "Veja como não é bom saber em parte". Tudo o que se sabe em parte pode estar errado. Então, façam-me o favor: chequem antes de publicar.

PS Falando em confusões na gráfica, há uma semana mandei imprimir um livro chamado *S/ Título*, de Jorge Andrade, e a gráfica me pediu que eu informasse o nome do livro, "porque não podiam aprovar um orçamento sem título". Eu disse que era esse mesmo o título do livro, só que grafado como está acima. Ah, bom...

Rio de Janeiro, 15/07/2018 - 10h13

12

LIÇÕES DE SÁBADO SOBRE LIVROS

LIÇÕES DE SÁBADO 128

Tempo em falso foi o título do meu primeiro livro ensaiado aos 19 anos, mas nunca publicado. Alguns poemas dali foram publicados em antologias, no Jornal Análise, do DCE Mackenzie, em coletâneas, e impulsionaram o que eu escreveria um pouco depois, no final de 1981, meu primeiro livro, Joio & trigo, lançado em agosto de 1982. Embora o tema continue recorrente em meus poemas, nunca usei esse título, nem usei essa palavra em nenhum livro, talvez por tê-lo abandonado quando desisti de publicar aquele primeiro (coisa que sempre precisamos fazer, se quisermos escrever um primeiro livro definitivo). Há exceções à regra. Mas ter esperado por Joio & trigo valeu a pena, porque não mudo uma vírgula nele até hoje. Só publiquei quando o julguei pronto e nenhuma releitura me fez querer mudar mais nada nele. Esse é o livro definitivo, quando não há mais nada a ser feito. Escultura terminada. Enquanto estivermos mudando e acertando o texto, ele não está pronto e a pressa em publicar danifica o resultado. É preciso tempo, aí, sim, para se terminar um livro.

30/03/2014 - 13h55

LIÇÕES DE SÁBADO 132

Livros não são filhos, embora se pareçam com eles, porque vêm através de nós. Livros são mais que filhos, porque vão a toda parte e falam por nós. Nem sempre filhos fazem isso. Livros fazem mais, duram muito mais e não dependem de nós, pois uma vez livres, ganham a rua e não nos pertencem mais. Nem os filhos. Mas livros são muito mais do que filhos. São nossos pais, porque nos ensinam, e nos moldam como temos de ser. Há mais de trinta anos comecei a publicá-los. Dezessete livros depois, sei o que aprendi e o que tive de mudar e fazer. Mas aprendi a fazê-los não só para mim. Livros são mestres, porque sabem o que querem e temos de ouvi-los para fazê-los como querem ser feitos.

26/04/2014 – 22h22

LIÇÕES DE SÁBADO 218

Quando um livro nos chama

Posso levantar todas as hipóteses e formular todas as teorias de por que um livro assentado confortavelmente numa livraria me chama do outro lado da cidade e eu o atendo sem saber que está me chamando nem por quê. Só sei que quando um livro que estou preparando contém um erro crasso, ele faz tudo para que eu o corrija e, desta vez, ele conseguiu: fez-me vir até a Blooks, no Espaço Itaú de Cinema, em Botafogo, num sábado à noite, para que eu visse a nova edição de "As aventuras de Pinóquio", de Carlo Collodi, com tradução de Ivo Barroso e as ilustrações originais, para descobrir uma palavra errada no livro que estou revisando. Abri-o ao acaso e lá estava a palavra acenando para mim: titereiro, semelhante à que o autor grafara errado no seu livro: titeriteiro. Livros fazem isso. De lambuja, também comprei "O cão dos Baskerville", de Arthur Conan Doyle, que li há 40 anos. Acredite. Livros falam.

18/07/2015 – 21h51

LIÇÕES DE SÁBADO 220

Eu deveria estar habituada, mas não há como me habituar com surpresas. Se tivéssemos previsão de tudo o que vamos fazer, não haveria emoção alguma em fazê-lo. O que os distingue é a novidade, que não sabemos como irá acontecer. Se começo algo sabendo exatamente como vai terminar, que graça tem? Posso desejar que termine bem, mas isso não me garante o resultado. O passo a passo é que me faz acreditar que estou no caminho certo. A surpresa é inerente. Nada termina como começou, nem nenhum livro sai como entrou. Ele sofre um processo de transmutação entre ideia e realização. Quando me vêm com um livro "pronto", sempre aviso que poderá mudar, não porque eu queira, mas porque o próprio livro quer. É o livro que pede a mudança. Quando entrei naquela livraria para esperar o horário do cinema, eu não esperava que fosse ser puxada pela manga para olhar uma publicação que tinha uma palavra que eu precisava corrigir no livro que estava revisando. Toda vez que erramos numa revisão em seguida vem a correção através de outro livro, de uma matéria de jornal ou notícia na TV, ou até numa conversa ao acaso, ou numa placa na rua. É o acaso que faz com que percebamos os erros. Tudo é muito sutil, não dá para explicar por que acontece assim, apenas que acontece. Já me vi tantas vezes enredada em revisões que não sei como vão acabar (mas acabam), que só quando estou com o produto final nas mãos que sei que consegui terminá-lo. Quando me trazem um livro que dizem estar "pronto", eu digo: "Não é assim que se faz". O livro se faz a si mesmo e nos refaz junto com ele. Eu tenho que descobrir o que o livro quer, porque, como todo ser novo, quer toda a atenção para si.

25/08/2015 – 12h15

LIÇÕES DE SÁBADO 230

O que aprendemos ao ensinar aprofunda o que ensinamos. Tornamo-nos alunos de nós mesmos quando repetimos o que sabemos. Revemos o aprendido e jogamos uma nova luz sobre o ensinamento. "O ensinamento é maior que o mestre". Revela-se novamente cada vez que é ensinado. Aprendem juntos, mestre e aluno, a absorver o que é dito, não só nas palavras, mas no silêncio da compreensão. Despertar para algo novo nos move interiormente numa direção que não prevemos. Quantas portas se abrem ao menor movimento. Os ouvidos ouvem e a alma se move. Ouvimos com o corpo todo. Entendemos com o coração o que a mente aprende. Seja um poema, seja um conto ou uma parábola, tem o dom de nos tirar da inércia e colocar-nos à frente, conduzindo um fato novo. Um livro é um ser, não um objeto. Ele mudamente diz o que está escrito. Contém a sabedoria do que está escrito. E permanece entre os homens como palavra viva depois que os lábios se cerram. Por isso são passados, de mão em mão, e se renova sua mensagem para outros ouvidos, para outros olhos que os leem. Essa é a missão dos que escrevem. A missão dos livros. Levar as palavras além de seu horizonte e movê-las junto com a Terra num giro infinito.

16/10/2015 - 19h08

LIÇÕES DE SÁBADO 235

Os livros nos acompanham por um longo tempo. Alguns desaparecem e reaparecem. Há livros mais antigos do que eu e outros mais novos. Alguns me foram dados e outros emprestados. Muitos eu comprei. Outros eu dei. Mas lembro de muitos. Outros nem sei que tenho. Nem que tive. Mas lembro de todos que não tenho mais. Os que li e que não li ainda. Os que nunca lerei. Livros são tão numerosos quanto as pessoas. E apesar de nos pertencerem, ficarão para trás, para outras mãos, outros olhos e ouvidos. Eles ficam. Enquanto alguém os guardar.

16/01/2016 - 00h00

LIÇÕES DE SÁBADO 260

A revisão é uma arqueologia do poema. Vamos tirando por camadas e enxergando mais fundo. Não há como ver tudo de uma vez, nem se perguntar por quê. Há coisas que só se descobre no processo. O que pensamos no início muda no final. Fazemos pequenas loucuras todos os dias, como continuar vivos e desafiar o equilíbrio das coisas ao continuar nos movimentando. Estamos em contínuo desafio às leis da natureza. Queremos ser como somos e não como querem que sejamos. E isso é estar além do que foi pensado ou se pensou de nós. Nós que não pensamos o que somos e somos o que somos mesmo assim. É um profundo exercício fazer livros, sabendo que é uma atividade limite, limítrofe a todas as outras. Vivemos apesar e sem eles. É como se existíssemos à parte de tudo que dá dinheiro, e fizéssemos o que ninguém espera, mas mesmo assim esperam de nós. Tenho pensado muito sobre isso, já que o tempo avança e parece desafiar o que faço como o faço. É preciso mudar, adaptar-se, ser mais blogueira e Kéfera para ter mídia, milhões que visualizam youtubes e coisas afins. E se nada disso importa?

E o que importa é o que somos, mesmo que ninguém saiba e não saia em mídia nenhuma? Quando vejo editores vendendo os tubos com livros sobre economia ou vampiros, ou qualquer outra coisa que não seja poesia, penso, deixe estar, eu não saberia vender minha alma para esse tipo de coisa.

11/09/2016 – 16h36

LIÇÕES DE SÁBADO 263

O que passa pela sua cabeça há mais tempo? Qual ideia você trouxe da infância? Ontem eu li num livro de frases: "O menino é o pai do homem". É assim desde Aristóteles, é assim desde Freud. Tantos pensadores refletiram sobre a vida e sabiam que sua infância pontilhou seu futuro. O que é mais caro a você desde que você se dá por gente? Aquilo que faço hoje é reflexo do que sempre fiz desde menina: ler livros e contar histórias. E por isso passei a fazê-los e é um aprendizado constante. Tudo que penso está em "Alice atrás do espelho", livro que li quando menina. Minha vida é um jogo de xadrez. Montar estratégias. De peão chegar a rainha. Lembram-se da história?

4/11/2016 – 11h43

LIÇÕES DE SÁBADO 288

O livro porta milhares de palavras ordenadas para dizer o que o pensamento sozinho já entendeu. Ler é trabalho dos olhos. Entender, do coração.

30/01/2017 - 17h58

LIÇÕES DE SÁBADO 302

Em 26 de maio de 1897, Bram Stoker publicou "Drácula", sua obra mais importante, inspirada num original de Dr. John Polidori, médico de Lorde Byron, que escreveu "O Vampiro", durante três dias que passaram confinados no castelo do poeta, à beira do Lac Léman, em Genebra. Por sua vez, Mary Shelley, que acompanhava o marido Percy Shelley, nessa mesma ocasião, iniciou a escrita de "Frankenstein", publicado em 1818, de onde se pode concluir ser o irmão literário de Drácula. Byron escreveu o Canto III de "Childe Harold" e Shelley não aproveitou nada do que escreveu. E, nesse dia, em 1799, nasceu Alexander S. Pushkin, escritor russo, autor de "Eugene Onegin", um romance em versos, transformado em ópera, em 1879, por Tchaikovsky e, posteriormente, em balé. Pushkin traduziu algumas das liras de "Marília de Dirceu", de Tomás Antônio Gonzaga, publicado em Lisboa, em 1792, o mesmo ano do degredo do poeta português para Moçambique após a Inconfidência Mineira. De algum modo, esse livro (best-seller em seu tempo, com trinta edições no século XIX) chegou às mãos do poeta russo, que morreu em 1837, dois dias após ter sido ferido num duelo com o suposto amante de sua mulher. Coincidências literárias nos dizem que a vida passa por dentro da literatura.

26/05/2017 - 11h06

LIÇÕES DE SÁBADO 329

Cerquemo-nos do que nos é mais caro, juntemos os livros, as xícaras, as cartas. Peguemos a mobília da casa, as cortinas das janelas, os tapetes sobre os assoalhos, e penduremos os quadros que mais amamos; tudo isso com abajures e castiçais, uma luz tênue e frágil, para abrigar a alma – esta, a única que vive, sob todas as circunstâncias.

20/11/2012 – 9h48

LIÇÕES DE SÁBADO 348
O QUE APRENDI TRADUZINDO SHAKESPEARE

Eu não fazia ideia do que iria aprender com Master William ao longo dos seus 154 sonetos publicados juntos em 1609, pouco antes de morrer, em 23 de abril de 1616, na mesma Stratford-upon-Avon onde cresceu aos cuidados de sua mãe amorosa, e se casou com a dedicada Anne Hathaway, que lhe deu todos os filhos que teve, a começar pela mais velha, Susana, preocupando-se em casá-la antes de partir desta para a melhor.

Muito se tem dito sobre Shakespeare mesmo sem o menor fundamento. E muito não se sabe sobre ele, mesmo tendo escrito as peças que mais influenciaram as pessoas, até aquelas que não as assistiram. Quem não sabe o antigo bordão: "Ser ou não ser, eis a questão?" Poucos sabem de onde vem e por quê. Há mais meia dúzia de frases célebres da mesma peça "Hamlet" que todos repetem sem saber de onde vêm. E, no entanto, estão, no dia a dia, um punhado de palavras e expressões cunhadas por ele.

Ele era genial. Tanto gênio não pode ser sub-rogado por ninguém. Ele não era outro. Foi o que descobri ao traduzir os sonetos. É a maior confirmação de sua existência: mesmo que tenha deixado a bela obra para o teatro, era nos sonetos que ele se divertia, sofria, amava, bordava e pintava. Muitas vezes, durante a tradução, eu me sentia transportada para algum lugar há 400 anos, e voltava de lá descansada. Houve dias, durante dois anos, em que traduzia três sonetos de uma vez, outros, seis, mas houve um em que eu estava tão cansada que precisei traduzir treze para conseguir relaxar. Traduzi-los valeu a pena.

Mil livros vendidos depois e ainda reimprimindo e vendendo, descobri que Shakespeare tem a condição dos sábios, de dizer muito com poucas palavras, que continuam repercutindo na mente como um mantra. Tudo está em Shakespeare e Shakespeare está em tudo. Do "Ser ou não ser" a "Há mais mistérios entre o céu e a terra, Horácio, do que sonha a sua filosofia" (sem vã, que foi invenção do tradutor), William Shakespeare consegue estar presente em todos os setores da atividade humana, servindo de epígrafe, epitáfio, legenda, citação para um monte de coisas e pessoas, da filosofia à política, do amor à morte. E viva Shakespeare por ter feito tanto por todos.

23/04/2018 – 12h23

PREFÁCIOS, POSFÁCIOS, ORELHAS, APRESENTAÇÕES E CONTRACAPAS
(2000-2018)

POESIA PROFANA: O ROÇAR DA LÍNGUA-MÃE

Toda obra literária tem seu texto e seu contexto. Sempre devemos considerá-la no contexto em que foi escrita. E levar em conta, também, as influências de outros autores sobre quem a escreveu.

Ricardo Ruiz refaz o caminho dos sonetistas, esses templários da palavra, que buscam a hegemonia dos sentimentos sobre qualquer outra coisa, o alicerce de sua própria existência, a procura incessante da beleza frenética, convulsiva, ardente, passional. Bebeu em fontes históricas de poetas românticos, barrocos, renascentistas e malditos como Camões, Castro Alves, Bocage, Gregório de Mattos e Gonçalves Dias, pinçando aqui e ali o lume, a flor do Lácio, a escultura do poema na métrica e em seu sentido.

E de que vale, hoje, fazer sonetos? Qual o contexto de se compor sonetos, ainda, com esse mesmo tom enlevado de um cavaleiro medieval, que parte em defesa de sua dama, portando ao ombro o lenço de cambraia dessa donzela? Pois é em poemas como "Bárbaro", que Ruiz retoma o canto de desejo por sua amada: "Tal qual normando, bárbaro guerreiro/ ou cavaleiro de uma horda huna,/ invado impune a tua fortaleza!"

É o amor reconstruído das cinzas, a escalavrar as sendas "nunca antes percorridas", como se reinventasse, a cada instante, aquilo que o homem tem de mais antigo: a si mesmo e seu amor dilacerado, sedento de paixões, fremente de palavras ermas, abandonado à sua própria e sequiosa compulsão.

A cada soneto, Ruiz vai tecendo um manto de ideias esplêndidas, traçando outra geografia sobre os corpos, como um descobridor de novos mundos e sempre o mesmo mundo é redescoberto: a mulher. Como em "Estilos": "Aliso agora todos teu relevo,/ apalpo, lúbrico, a tua geografia./ O horizonte renascentista amplio".

Mas há uma dose carregada de humor e permissividade, que faz com que os poemas sejam, principalmente, instigantes e provocativos, dando seu caráter profano, ora erótico, ora pornográfico. Nada é deixado de lado e as falas, tanto masculina quanto feminina, se permeiam, dando um tom nada sério e extremamente filosófico aos motes que Ruiz escolhe com cuidado, como em "Justiça": "bacante que, após noitadas de orgia,/ foi questionada se estava cansada./ Ela, lampeira, respondeu faceira:/ Ah, cansada, sim, mas saciada, nunca!"

A obra, em seu texto e seu contexto, tem de fazer pensar, não só pelo que diz, mas pelo que deixou de ser dito e que fico ali entremeado. As citações, reunidas para cada um dos sonetos, plantam sementes, cujos frutos são colhidos ao longo dos poemas, mas deixam muito mais para futuras colheitas, de uma beleza insuspeita. Detemo-nos sobre os poemas e recebemos deles fagulhas esparsas, que latejam muito tempo depois de lidos. Imagens eu ficam habitando a alma e que somente a partir dali poderão ser relembrados. Não por suas palavras, por vezes, mas certamente por seu sopro, como em "Prata tropical": "Coito infinito, querida menina.../ após a tempestade no canavial,/ dormindo, afagados, no cafezal".

Porém, Poesia profana não são só sonetos. Ricardo Ruiz abre sua verve cômica também em versos livres, desde sua Apresentação, onde já dá sinais de seu espírito romântico: "Percebi que doze princesas/ haviam sido minhas rainhas!/ A todas elas, presto a minha vassalagem".

Desde seu primeiro poema, "A criação", até "Roderico II", Ruiz aplica seu olho crítico para discorrer, ora satírico, ora condescendente, criando o que se poderia chamar de "poesia incidental", que é dita a respeito de algo, enquanto se faz outra coisa, ainda pensando na primeira. Por isso, ao expor seus conceitos, acaba por esbarrar em uma ou em outra questão mais profunda, nem sempre para adulá-la ou agradar ouvidos menos atentos: "A moral ocidental/ explica a Criação/ na oposição Deus-Diabo./ A mulher no caso/ é mera coadjuvante./ Olha aqui,/ não me leve a mal,/ mas a moral ocidental/ é homossexual!"

E, esbanjando conceitualismo, em seu poema "Mulher", chega a ser didático: "E a palavra inteira, mulher/ rima rica com colher./ Quando é fundo, vira concha,/ que em seu meio abriga o caldo,/ caldo gostoso do mar!"

Os poemas pornográficos encontram aqui seu parâmetro: nada que foi dito ou escrito deixa de ser repetido ou aumentado por Ruiz. Todo poema pornô é explícito. O que o torna erótico é o velado, como em "Desejo": "Quero a dama nua na janela,/ o luar iluminando a sua pele,/ curvas claras, cantos escuros.../ O contraste me arrepia por inteiro". Ainda tem o mérito de ser o seu primeiro livro. Com a estrada a ser percorrida, o poeta alimenta, nesta e em outras horas, seu olhar vadio e noturno, com as aves que sobrevoam o seu fim de verão. Afinal, sabemos que "tudo é uma metáfora". E, por isso, não se cansa de repetir, para dizer sempre a mesma verdade, como em "Roderico": "Aonde chegar? Qualquer lugar,/ desde que junto à mulher amada".

Rio de Janeiro, Terça-feira de Carnaval, 7 de março de 2000.
Prefácio de Poesia profana, de Ricardo Muniz de Ruiz, Ibis Libris, 2000.
Primeiro livro da Ibis Libris lançado na Livraria do Museu da República em 18/08/2000.

POEMAS CARIOCAS 2000

Com dez anos vim para o Rio.
Conhecia a vida em suas verdades essenciais.
Estava maduro para o sofrimento
E para a poesia.
Manuel Bandeira, Infância, *Belo Belo*

Quando me mudei de volta para o Rio de Janeiro, em fevereiro de 1999, uma semana antes do Carnaval, nem poderia imaginar o que estava me aguardando. Sabia que havia muitos poetas no Rio em constante lapidação, mas não fazia ideia que um movimento crescia sorrateiro, se espalhando e tomando conta dos teatros, dos bares, das livrarias, das praças e das esquinas, pegando de surpresa leitores e amantes de poesia, unindo, assim, os mais conhecidos e veteranos aos novos e inéditos, para ler e ouvir poesia, à noite, quando todos os gatos são pardos e os poetas, inúmeros.

O primeiro convite veio de ninguém menos que Olga Savary, resistência poética a toda prova, que sabia que eu estava reinaugurando o Rio depois de vinte e três anos de ausência. E fui assisti-la no Panorama da Palavra, que ainda ocupava o Centro Cultural Margarida Rey, em Copacabana, sob o olhar auspicioso da poeta gaúcha Helena Ortiz, que, desde o início do ano, havia se enveredado em sua cruzada, convidando autores para ler seus poemas todas as segundas-feiras, como se estivessem em casa.

Minha mania por essas leituras já era antiga, desde São Paulo na década de 80. Em 1995, retomamos o gosto de fazê-las quando Claufe Rodrigues lançou a semente de sua Ponte Poética, imediatamente amparada por Claudio Willer, da Secretaria de Cultura do Município de São Paulo. Mesmo tendo estado com todos esses poetas cariocas em 2 de dezembro de 1995 (Mano Melo, Chacal, Ivan Junqueira,

Denise Emmer, Geraldo Carneiro, Armando Freitas Filho, além do próprio Claufe) – quando lancei Areal na (antiga) Livraria Cultura, espaço obrigatório da literatura paulistana – ainda não havia se dado o verdadeiro encontro que, fazia tempo, se anunciava.

A partir da leitura dos poemas de Olga, no primeiro semestre de 1999, feita por vários poetas amigos, entre eles, Sérgio Gerônimo, fui encontrando os que militavam na noite carioca. Enquanto redescobria uns e era apresentada a outros, fui ouvindo, embevecida, aquela profissão de ler poesia em público. Não custou muito para que eu também fosse convidada, abrindo, assim, espaço para minha poesia no Rio. A chance veio justamente no mesmo lugar onde havia começado muito anos antes, na época de colégio – a Universidade Santa Úrsula. O evento foi organizado por Eduardo Guerreiro, estudante de lá, que criou a Santa Ursa Maior, com intenção de reunir poetas e músicos numa apresentação eclética, no dia 16 de junho de 1999. Nesse dia, já estavam ali presentes os integrantes do grupo que viria a se formar menos de um mês depois – Cairo e Denise Trindade, Edison Veoca e eu, além do próprio Guerreiro, elemento aglutinador desses poetas. Com a adesão de Victor Colonna e Marcello Rollemberg, fundamos, em 10 de julho, Os Descaravelados, passando a fazer nossas leituras e apresentações semanais de poesia no Espaço Caravelas, em Botafogo. O grupo teve a duração de "uma estação", mas serviu para inocular-nos no meio poético carioca de uma vez por todas. Nessa época, somavam-se mais de vinte eventos de poesia na cidade, espalhados por vários bairros, que aconteciam semanalmente, quinzenalmente ou mesmo mensalmente, mas sempre reunindo integrantes de todas as tribos e todos originários do mesmo momento de reunião em torno da poesia. Surgiu, assim, a Sexta de Palavras, organizada por Paco Cac, desde outubro de 1998, com leituras mensais no Museu da República, o Ver o Verso, composto por Alexandra Maia, Pedro Bial, Claufe Rodrigues e Mano Melo, com leituras semanais no Planetário, o Xalam, criado por Kívia Rodrigues, num bar do Flamengo, até altas horas, as leituras na Livraria Razão Cultural, às quartas-feiras, além do Bar Bip-Bip – ambos em Copacabana – comandadas por Victor Farinha e Marcus Vinicius Quiroga, abrindo espaço para encontros de poesia entre os eventos musicais promovidos por Alfredo Melo. Teresa Drummond, no Méier, continuava fazendo o seu Poeta, Saia da Gaveta!, iniciado em 1993. Eram o mês e a semana de eventos, leituras, apresentações e performances que foram crescendo à medida que nos aproximávamos do final do ano. Ainda havia os encontros no mezanino da Livraria Ponte de Tábuas, a Ponte de Versos, por iniciativa dos poetas do Jardim Botânico, Gilson Maurity, Paulinho Lima e Pedro Tostes, a partir de junho de 1999 e dirigido por Sady Bianchin, mestre dos "poemas-acontecimento".

Aí não teve mais jeito: o CEP 20.000, para comemorar nove anos de existência, resolveu fazer uma longa comemoração no decorrer de setembro. Foi a vez de Chacal, Guilherme Zarvos, Silvio Barros, Ericson Pires e outros tantos agarrarem o microfone, dando espaço para algo mais além da poesia, com músicos e performances.

Foi nesse clima que aconteceu o I Festival Carioca de Poesia, no Teatro Gláucio Gill, em final de setembro de 1999, organizado pelo Grupo Poesia Simplesmente que, nos três últimos anos, já vinha juntando música à poesia, reunindo artistas de qualidade, levando a poesia falada e cantada também a comunidades carentes, subúrbios e colégios em outros municípios próximos ao Rio de Janeiro. Nesse Festival, todos estavam presentes. Foram quatro dias de poesia a rodo, que conseguiu reunir praticamente todos que tiveram seus eventos, grupos e trabalhos de poesia apresentados ao longo do ano, juntamente com poetas já consagrados.

O mesmo Festival se repete em novembro de 2000. O que será da poesia brasileira, ainda estamos descobrindo. Comemoramos os quinhentos anos de Descobrimento e ainda há poetas surgindo e ressurgindo em todas as praias e plagas brasileiras. Diga-se de passagem, o movimento de poesia é mundial. Em todos os cantos, da Austrália ao Canadá, da Europa ao Japão, as publicações de poesia e os poetas tomaram conta da praça.

Tudo isso só para dizer reiteradas vezes que a poesia estava valendo cada vez mais a pena. Apareceram novos nomes e talentos antigos foram resgatados. A poesia não mais jaz em berço esplêndido, mas toma conta das páginas dos cadernos de leitura, das revistas de programação cultural desde meados de 1999. O que estaria acontecendo, se perguntam todos. Por que esse surto poético de uma hora para outra, já que não estava se dando atenção à poesia ultimamente "no Brasil"?

Ledo engano. A poesia permaneceu estática, imóvel, esperando, como uma semente, seu tempo de germinar novamente. E agora esse tempo chegou. Por isso todos botaram a cabeça para fora, puxaram seus livros das gavetas, tiraram o pó das estantes, relendo poetas consagrados e fazendo outros aparecerem, inimagináveis algum tempo atrás.

No Rio de Janeiro, cadinho de poesia de todos os Brasis, para onde todos se mudam de malas e bagagem e não querem mais sair, tive o prazer de presenciar o renascimento do movimento poético carioca, da mesma forma que o acompanhei em São Paulo, entre 1980 e 1984. E por que ressurge exatamente agora? Desde 1996, foi retomada a publicação de poemas, abrindo-se sucessivas editoras dedicadas principalmente à poesia, a Casa da Palavra, 7 Letras, no Rio, Nanquim e Ateliê Editorial, em São Paulo.

Eu tenho uma teoria: em 1996, reiniciou-se um novo ciclo do horóscopo chinês, no ano do Rato. Igual a 1984, quando se encerraram as atividades começadas em 1972. A cada doze anos, portanto, alternam-se ciclos Yang e Yin. Um de expansão e outro de retração. Muito bem, aproveitem, pois este ciclo Yang, de expansão, vai até 2008. E tudo que tiver de ser feito em termos de poesia, publicações, divulgações e exaltações, tem que ser feito agora, enquanto durar este ciclo, iniciado em 1996. Isso vale para todas as áreas de atividade humana, mas estamos falando aqui de Literatura. Há um tempo para todas as coisas e o tempo de criação e expansão é agora. Por esse motivo, está acontecendo tudo isso neste momento e não antes. Também, por isso, tivemos de amargar doze anos de espera, escrevendo para nós mesmos, para agora colhermos livros à mancheia.

O mercado editorial está mudando. As livrarias estão tendo de se adaptar à realidade informatizada e o livro virtual não é mais uma ficção. Haveremos de continuar publicando livros tradicionais por mais algum tempo ainda. Mas, aos poucos, isso também vai se transformar. E por que poesia?

Aí reside outra teoria minha: muitos provavelmente não terão escrito um romance, um conto ou uma crônica ao longo de sua vida, mas todos, sem exceção, com toda certeza, em algum momento, escreveram, quiseram ou tentaram escrever um poema. Mesmo impublicado. Mesmo impublicável. A poesia ecoa no coração de todos e é patrimônio inalienável do ser humano. Porém, tornar-se poeta de ofício é outra história.

Muito já se disse ao longo desses dois anos em que os poemas resolveram ganhar espaços nas leituras públicas. Em novembro de 1999, enchemos um bondinho de poetas e subimos até Santa Teresa, todos aos berros, numa manifestação espontânea e feliz. A Passeata Poética só fez sentido para quem participou dela, tenha sido no Largo do Machado ou na praia de Ipanema, pouco antes do pôr do sol. Esse é um encanto que só cariocas (natos ou não) conhecem.

A poesia no Rio tem outro gosto. Vale mais a pena. Eu, que de paulista tenho a certidão de nascimento, me confesso carioca de batismo e criação, onde vivi até os 18 anos. Parafraseando o Sady, os poetas daqui não são mais importantes que os poetas de lá, mas o charme é outro. Aliás, os happenings são mesmo as leituras ao vivo.

A antologia Poesia Carioca não traz todos os poetas presentes em todas as leituras nesses dois últimos anos. Há ausências lamentadas. Porém, não incluí também os mais conhecidos. Juntei, tão somente, os que estavam "mais presentes", "mais constantes", "mais atuantes", os "inolvidáveis", os "essenciais", os "possíveis", para ter uma amostra do que foi lido de melhor durante esse período. A ideia, aliás, veio de Nei Leandro de Castro, em dezembro de 1999. Aceitei a incumbência apenas seis meses depois, porque, naquela época, não sabia que voltaria a fazer livros, como na década de 80.

A poesia continua. Viva, semovente, destemida. Ela contamina. O trabalho do poeta é solitário. Mas, sem um público para lê-lo e ouvi-lo, ele morre. Damos asa à palavra, à poesia falada. Somos responsáveis por tudo que está acontecendo agora. E, sabemos que, em breve, estaremos mudos. Mais nada.

Thereza Christina Rocque da Motta
Rio de Janeiro, 11 de setembro de 2000.
Apresentação de Poemas cariocas, Ibis Libris, novembro de 2000.

PONTE DE VERSOS 4 ANOS

Lançar Poemas Cariocas em novembro de 2000 com 47 autores, foi um desafio para mim que iniciava, havia um ano, como militante da poesia no Rio de Janeiro. Três anos depois, organizamos a antologia da Ponte de Versos, que, criada em 1999, tomou corpo, cor e forma desde que assentamos praça em Ipanema, no cais do Barteliê, em abril de 2002.

Explico-me: Tetê e Eduardo formaram, há alguns anos, um ateliê de miniaturas num apartamento na Rua Vinicius de Moraes e resolveram abri-lo também para saraus, leituras e encontros musicais e, eventualmente, peças de teatro e festas de Carnaval.

Quando saímos sem destino da livraria Ponte de Tábuas, onde realizamos os encontros da Ponte de Versos (daí o nome), em terças alternadas, entre 21h e meia-noite, por dois anos e meio, até março de 2002, fomos acolhidos, um mês depois, no Barteliê, por indicação de Cristina Terra, que se tornou, desde então, a madrinha do evento.
Daí, descobrimos o que não havíamos previsto: no Barteliê tínhamos parceiros de artes, embora a livraria tivesse sido o cadinho onde se iniciou o movimento, acolhendo-nos graciosamente, sem, no entanto, tomar parte do que fazíamos a cada quinze dias.

Está certo que a livraria mudou de direção e de nome – hoje está ainda mais bonita – mas não poderíamos voltar para lá: o Barteliê fundiu-se a nós e nós a ele num amálgama difícil de ser desfeito.

Os convidados vêm e vão, os novos participantes se sucedem e a receita é a mesma desde o início: temos o Prato Principal, com quatro convidados, onde cada um se apresenta, lendo por dez minutos e, depois, abrimos para a Sobremesa, onde todos os presentes têm chance de participar lendo poemas antigos ou inéditos. Por último, depois de todos saciarem (ou não) sua fome de poesia, fazemos a Saideira, para fechar a noite, temporariamente, até a Ponte seguinte. É o único evento de poesia que não fecha: encontramo-nos quinzenalmente, feriado ou não, com ressalva apenas no Natal, Ano Novo e Carnaval.

E se passaram quatro anos e meio. Quando iniciei a organização da antologia da Ponte no segundo semestre de 2002, não imaginei que reunir poetas que tivessem se apresentado no evento e quisessem participar da antologia fosse custar tanto tempo para tirar as fotos, receber os poemas, padronizá-los para a edição, checar todos os detalhes, para que, no final, o resultado ficasse praticamente perfeito.

Assim, entregue à faina editorial e poética do Rio de Janeiro, apresento o que de melhor se leu e se ouviu na Ponte de Versos nos últimos tempos. Tempos esses que restarão como os melhores dias. Para muitos, aqui foi um começo, para outros, um recomeço: uma oficina literária informal, aberta, arranjada especialmente para a experimentação da palavra, ao alcance de todos.

Para nós, da Ponte de Versos, coordenadores e visitantes, só há uma certeza: de que estamos vivendo um tempo único, "que não se repetirá".

Leiam os versos e digam, por si mesmos, se não valeu a pena.

Thereza Christina Rocque da Motta
Apresentação da antologia Ponte de Versos 4 anos:
uma antologia carioca, Ibis Libris, 2003.

PONTE DE VERSOS 8 ANOS

Após criarem uma reunião espontânea de poetas, na antiga Livraria Ponte de Tábuas, na Rua Jardim Botânico, esquina com a Rua J.J. Seabra, Sady Bianchin, Cairo e Denizis Trindade, mal sabiam o que estavam começando.

Outros que aderiram estavam presentes: Gilson Maurity, Paulinho Lima, Pedro Tostes e Ana Paula Pedro. Com o tempo, alguns deixaram de vir. Nem Sady, nem Cairo e Denizis acompanharam o primeiro ano de vida da Ponte de Versos. Mas os poetas continuaram aparecendo: Tavinho Paes, Nei Leandro de Castro, Neide Archanjo, Pedro Lage, Rosália Milsztajn, Sérgio Gerônimo, Messody Benoliel, Bráulio Tavares, André Gardel, Alberto Pucheu, Suzana Vargas, na Ponte organizada por Maurity e Rosane Carneiro.

Em setembro de 2000, Gilson se viu sozinho, e pediu, em caráter de urgência, que Ricardo Ruiz e eu acorrêssemos para auxiliá-lo na coordenação.

Até 2001, permanecemos no Jardim Botânico, mas, em 2002, os ventos sopraram para o lado de Ipanema, e Cristina Terra, nossa madrinha, indicou o caminho para o Barteliê, onde Tetê nos recebeu por mais dois anos, até a publicação da nossa primeira antologia.

Novas mudanças nos aguardavam: rumamos para a nova Livraria DaConde, a partir de agosto de 2002, e chegamos, hoje, a nove anos de existência contínua, com as adaptações normais que o tempo nos pede.

2007 foi um ano enigmático: muitos retornaram, outros partiram, e o saldo foram duas antologias e duas centenas de poetas publicados pela Ibis Libris, editora gerada graças ao evento, a começar pelo próprio Ruiz, que lançou Poesia profana, em agosto de 2000.

Aproximamo-nos, agora, do décimo ano da Ponte de Versos, que se completa no próximo dia 15 de junho de 2009. Dez anos de reuniões poéticas, para ouvir e ver poetas.

Nesta antologia, 66 dos integrantes desta Ponte de amizade e poesia.

Thereza Christina Rocque da Motta
Poeta e editora
Prefácio da antologia Ponte de Versos 8 anos, Ibis Libris, 2008

NASCER É DIFÍCIL

Nascer é difícil. Deixar que o livro tome forma é difícil. Abandonar-se à força de seus poemas e permitir que eles se moldem por si sós é difícil. Acreditar que o destino do livro esteja traçado e que apenas damos à luz o que já "está pronto" é praticamente impossível. Saber que, não importa o que façamos, não acrescentamos, nem retiramos nada do que é, mas o construímos incessantemente até que esteja terminado.

Assim foi desde o primeiro poema que Adriana me entregou para ler, "Aprendendo a morrer", onde ela começa com seu bordão à la Maiakovski, "Morrer não deve ser difícil", iniciando ali mesmo o processo de edição, que culminou na publicação deste único (sic) livro de sua vida. Imponderável, pois na deificação de si mesmo não encontramos todas as respostas.

Não somos oniscientes, no entanto, o livro se sabe antes que o saibamos. Incompletude. Lágrimas e palavras justapostas, aprendendo a cada dia. Esquecer os pecados. Perdoar-se. Perdoar. O mais difícil.

Depois morrer fica fácil, pois difícil é aceitar o desafio de se expor, lágrimas e palavras trazidas às páginas do livro para se traduzir ou pedir uma tradução: "Leiam-me e digam por si mesmos, se o mais difícil não é viver?".

Thereza Christina Rocque da Motta
Posfácio de Pianos invisíveis,
de Adriana Monteiro de Barros, Ibis Libris, 2008.

O COMEÇO DE UMA HISTÓRIA SE ASSEMELHA A UM NASCIMENTO

O começo de uma história se assemelha a um nascimento: compreender o mundo é função do ser humano, esta espécie em extinção. Buscar nos animais nossa contraparte divina é a forma mais simples de se conhecer. De todos os mamíferos, o maior deles é a baleia – este ser aquático como os botos-tucuxis que emergem para atrair os homens de volta às águas. A natureza humana é celestial e aquática. Tanto os céus quanto os mares nos fascinam e nem sabemos por quê. A baleia é a voz da Mãe Terra. A Terra que sobrenada em dois terços de água, é o macrocosmo de nosso corpo aquoso. Os dias são líquidos e escorremos sobre eles como placas tectônicas sobre o magma. Compreender, compreender tudo, é o destino dos homens. Destino, missão, fado. Aos mares lançaram-se os portugueses em busca de horizontes. Sua terra tão franzina fez com que quisessem conquistar o mundo. É o mesmo que fazem os homens em sua ânsia pelo mar. Um amor deve alargar – alargar horizontes, alargar vidas, abrir portas, enseadas, baías, descer rios, encostas, enfrentar abismos, escalar montanhas, quantas descobertas, meu Deus! São todas essas descobertas que fazem parte do mundo de Bárbara, que, até pelo nome, já nasceu desbravadora. Por que a escrita, por que os sentimentos, por que as bombas, por que as guerras, por que as causas humanas, por que tudo isso que faz parte da vida? São muitas as línguas e os alfabetos existentes no mundo, mas se todos são provenientes da mesma raiz, a língua comum existente é o amor. O amor é a maior descoberta. Para isso vivem os homens – para amar e ser amados – e descobrir o preço desse amor, nem que seja à custa de muito sofrimento. A redenção de todas as dores, pelo renascimento nas águas, de onde vieram, certamente.

Thereza Christina Rocque da Motta
Prefácio de Bárbara e a baleia, de Flavia Muniz Cirilo, Multifoco, 2010.

OS NOMES DO MAR

Muitos nomes tem o mar. E todos os nomes são a mesma forma incomensurável, o largo, imenso mar dos homens, mar de sereias e deuses anfíbios. Tudo ao mar retorna, sejam as histórias que contamos, seja de onde elas vêm. O vaivém nos embala como cantilena da infância. A barcarola dos sonhos que nos abraça desde pequenos.

Voltam-se para o mar os olhos que buscam o horizonte, que buscam o destino, que buscam o amor. Joyce Cavalccante é o ser líquido que passeia pela paisagem aquática de seus peixes, seres marinhos que afloram aqui e ali, ressurgindo das profundezas do eu, lembrando-nos a nossa origem, o nosso lar.

Conchas bivalves se abrem para revelar pérolas. A palavra é a pérola. A cada conto, Joyce transmuta os seres em água e com água esculpe o silêncio, o vazio, o nada. Eis o nada que habita as águas amorosas do amanhã. Alba, a manhã ressurge como antecipação do amor. Ninguém resistirá à sedução do olhar dos amantes:

> *Rumo a um horizonte de encantamentos, e rumo ao descanso nos braços da mulher que acreditavam ser única com o poder de acompanhar um homem ao mar.*

Joyce conta as cores como personagens de suas histórias:

> *Restou-me o lilás, a cor do mar ao crepúsculo, que entrando pela janela do meu quarto me emoldurou a infância.*

As cores que transitam por entre os dias, dando nuances a cada hora. A cor do entardecer não é a mesma da aurora. Os ângulos da luz do sol desenham mosaicos sobre os objetos. A luz da lamparina, a luz do vaga-lume, o tremeluzir das coisas postas, enquanto esperam ser tocadas. A espera de tudo à nossa volta. Narrar é tecer um manto. Enquanto ouvimos, vamos deslizando por entre os acontecimentos, passando de um a outro, como câmara móvel. Somos intrusos a olhar o imperceptível. Vasculhamos, perscrutamos, por sermos curiosos e sedentos de saber.

Nessas horas, esperamos o despertar de tudo. Algo que nos ensine o que precisamos aprender, o incognoscível, o que vemos e o que não vemos. O absoluto sobre o vão dos dias:

Que me custaria oferecer-lhe o supérfluo?

Com esta pergunta, a mulher se desdobra em outras. Satisfazer um homem com o que ela tem de mais puro. O sortilégio das mulheres. Ser mulher para um homem e não ao contrário. A mulher é. O homem que saiba aproveitá-la. Atrevimento.

Joyce Cavalccante é atrevida ao extremo. Por mais que se contente em dizer o óbvio, o diz com propriedade. Ser mulher a faz mais arguta:

E, sobretudo, temos o mar.

Esse mesmo mar que faz das mulheres as ninfas, as deusas surgidas das águas, Afrodite, Vênus, Oxum, Iemanjá, Iara, Jandira, as Mães d'Água, nereidas à flor da pele. Essas mulheres que serão sempre mães, multiplicadoras de homens, amas de leite, avós, irmãs e filhas. As mulheres que se bastam, mas estarão às voltas com seus filhos, maridos e amantes:

A melhor opção é sempre aquela que a gente não fez.

Para Joyce, estar atento às escolhas é nascer de novo, pois a cada dia temos a chance de acertar, de optar por aquilo que será nossa redenção. Ou não.

O coração se sente tão feliz que não importa o que possa acontecer, pois a cada dia basta o seu cuidado.

Profetiza de seu tempo, a mulher é o símbolo da perpetuidade, pois tudo nela permanece e se perdura.

Não importa o que possa acontecer.

Viver um dia por vez, o olhar no agora, na perfeição deste momento, a repetição da fala, como um credo, como uma lição: "Preste atenção, meu filho".

O homem, o aprendiz da mulher, pois nunca saberá estar adiante dela. A mulher que seduz, raramente se deixa seduzir. A mulher ama, pois...

...foram as mulheres que inventaram o amor.

Sem elas, o amor não existiria.

Ocre e mal dormido é o meu estado, o meu lugar; de onde tento partir e para onde estou sempre voltando.

Este o destino dos que amam: voltar ao começo, pois no começo deixaram tudo o que vinham buscando. Seus primeiros desejos, seus sonhos esquecidos, seu rosto, sua voz. A mulher identifica no homem o seu saber. E para ela o que ele sabe não é nem metade do que ela busca. A cor dourada da manhã e do entardecer. A cor rubra dos beijos e do desejo.

– A cor da pele é derivada do vermelho. Retiro do sangue meus vermelhos. Só assim consigo dar veracidade aos seres vivos.
E, depois de uma longa pausa, continuou, como se estivesse pensando alto:
– Principalmente as mulheres precisam ser retratadas com sangue, pois ele é seu elemento vital.
(...)
Mais tarde, veio para perto, a fim de conferir a tonalidade que encontrara para minha cor:
– Entre cambraia e pêssego – comentou, quase inaudível.

Para ler o que Joyce escreve, é preciso entregar-se.

Thereza Christina Rocque da Motta é poeta, editora e tradutora, autora de Joio & trigo, Areal, Alba, Marco Polo e a Princesa Azul e O mais puro amor de Abelardo e Heloísa

Prefácio de Longos trechos de dias líquidos, de Joyce Cavalccante, Scortecci, 2010.

DENTRO DE MIM, SÓ MAR REVOLTO

Dentro de mim, só mar revolto. Flávia Apocalypse simplifica a vida que a fascina: café com leite, vitamina C, mesa de trabalho, cafezinho, almoço, Coca-Cola, trânsito, sala de jantar, revistas, travesseiro de fronha branca. Tudo corrimão pra que eu possa me segurar.

A mulher monta o varal de roupas todo dia, o vento faz com que se movimentem. Suor e lágrimas de incerteza, fome, amargura, febre, medo. A vida se põe diante dela como pano de fundo para o dia a dia. Os cabelos desalinhados, passar o domingo de camisola. Domingo em que sou eu mesma.

A poeta tece com brandura o ser encurvado, para enxergar o que lhe dói. A poeta ausculta em si mesma as noites mais escuras, a vida que não passa de um jogo de sombras, onde ela se perde e se acha e se espanta.

O coração bate, o corpo pulsa e a poeta se curva diante de seu próprio ser. Pão com manteiga, jogo de dominó. Quem sabe? A sombra empurra e o caminho se abre até o mar.

Flávia tem a voz de Adélia Prado que fala do dia e da noite, da sofreguidão das almas que se aquietam para uma manhã mais longa, uma noite que não acaba. Amo muito e é um amor sem sombras, sem porquês. Amor pelo amor.

Essa voz que Flávia empresta da poeta mineira, faz emergir a própria voz de uma mulher que ama sem objeto, a manhã pura e intacta. Ouço cada canto da minha casa com cuidado, cuidado de criança que está aprendendo a amar. E como criança, Flávia Apocalypse experimenta a poesia iniciática do choro do perdão. O indecifrável do armário que ela não abre para ninguém. Tudo que se oculta sob as roupas, a lama, a angústia, o pudor.

Agora é hora de arrumar a casa, a mala, o cabelo, as gavetas, renovar a esperança, porque não dá para fingir que não sabemos. Hora de respirar fundo. A poesia salta a cerca e invade a praia de quem lê seus versos: "Depois que isso passar (...), você vem me buscar?".

Thereza Christina Rocque da Motta, 5/05/2011.
Texto de orelha para Janelas, de Flávia Apocalypse,
Outras Letras, 2011.

QUEM AMA SEM DIZER ADEUS?

Quem ama sem dizer adeus? Somente aquele que insiste. Somente o que se pega órfão de um amor maior, e sai em busca de sua completude. Não aceitar o não como resposta, e dizer para si mesmo que é capaz de amar além da medida, desmesurado amante de todas as coisas lindas – se amar nos completa e sacia, o adeus não faz parte de sua filosofia.

Cristina Biscaia é poeta por insistência. Ela não abdicou de escrever seus poemas e depois mostrá-los, como sinal de permanência. Ela insistiu por longos anos, para hoje vir, de cabeça erguida, e dizer: "Eis o que escrevi". Tornou-se amante incondicional de sua poesia e sua poesia dela. Seu modo próprio de dizer, sem ofender ninguém. O poeta, por excelência, vive a par das coisas sem perturbá-las. Conta piada sobre si mesmo e cai na risada. Depois chora, porque "o amor dói", e é a cura para o próprio amor.

Cristina é o corpo de sua poesia. Por ela, passam os pensamentos que se coisificam, se materializam, como histórias antigas e revividas, memória, passado, presente, todos misturados. É o cotidiano, a peregrina de si mesma, o tempo, as contradições, alquimia, amor à arte.

A poesia se torna palpável na leitura. Vemos o verbo apresentar-se inteiro, como pensamento íntegro, palatável. Sonhar, muitas vezes é complexo. E para encontrar o verso, é preciso lapidar, até que reste só o poema de tudo o que foi vivido.

Na turbulência de suas idas e vindas, há um lugar aonde o viajante chega. E esse lugar é a poesia.

Thereza Christina Rocque da Motta
Texto de orelha para Peregrina, de Cristina Biscaia, Ibis Libris, 2011.

AS POSSIBILIDADES DA POESIA

Ao poeta, abrem-se inúmeras possibilidades. Diante do cordel de palavras, elas se somam infinitamente, multiplicadas a partir do mesmo grão criador. Para o poeta, importa-lhe dizer exatamente o que sente, nem mais, nem menos, como se cada palavra fosse única e trouxesse dentro dela um segredo.

Os poemas se sucedem como o desfiar de um novelo, em que uma linha permanente se desenrola, alçando o infinito da imaginação. Se ao poeta fossem subtraídas as suas palavras, seria o ser mais pobre do universo, pois sem elas, ele não se realiza.

A poesia tem o dom encantatório das profecias. Tudo que é dito, acontece. Seja no macro ou no microcosmo, o poema penetra o lado surdo dos homens, fazendo-os ouvir. Se alguém está doente, leia-lhe um poema; se tem medo, leia-lhe um poema; se está ansioso, leia-lhe um poema. Os poemas têm a qualidade de mudar o ânimo e o estado íntimo de quem os ouve.

Assim Gilmar Cabral quis que seus poemas se estendessem, ao infinito da compreensão humana, onde todos se encontram e se irmanam. Não há segredos para quem vive de poesia. A poesia nos leva aos melhores lugares e nos traz as melhores pessoas. Todas irão ouvi-lo falar de si como se falasse delas.

A igualdade começa e termina pela palavra. Por isso, ele é um "fazedor de poemas/ e criatura de seus versos/ aquele que trabalha esteticamente a palavra/ retirando-a de algum lugar sensível do universo".

Um primeiro livro inaugura um novo tempo para

seu autor e para quem o lê. Infinitas palavras busca explicações "nos desenhos esculpidos nos vitrais", como se neles pudesse ver o próprio rosto, "transparentes e cristalinos", que quase transpassam sua alma.

Thereza Christina Rocque da Motta, poeta e editora.
Texto de orelha para Infinitas palavras, de Gilmar da Silva Cabral, Ibis Libris, 2012.

POEMAS CARIOCAS 2012

Doze anos depois, a mágica acontece novamente. Em novembro de 2000, eu lançava Poemas Cariocas no Café do Beco, onde hoje há uma simpática livraria dedicada à bossa nova, no mesmo Beco das Garrafas onde ela começou. O ciclo lunar chinês se repete, como escrevi na apresentação da primeira antologia da editora: encerra-se um e inicia-se outro. Doze anos depois, os poetas permanecem, alguns são novos, outros eternos. O movimento de poesia, que parecia que iria durar pouco, renovou-se, inflamou-se e tomou novos ares. Hoje é impensável não ler ou escrever poemas. Tornou-se um hábito. E houve quem trabalhou muito nos últimos anos para consolidar o que se começou em 1998, no "Panorama da Palavra", de Helena Ortiz.

De lá para cá, muito aconteceu. Surgiram novos músicos e poetas, novos eventos, novos livros foram lançados, e o trabalho com a poesia tornou-se incansável, atravessando a Baía de Guanabara em todas as direções, aportando na FLIP, em Paraty, indo a Santa Teresa, indo ao Leme e à Praia de Copacabana homenagear Drummond diante de sua estátua, em frente à Av. Rainha Elisabeth.

A poesia não está de brincadeira e a Ibis Libris começou por causa disso, em 2000. Desde então são quase 250 títulos publicados, mais de 70% de poesia, ombreando o evento Ponte de Versos, um ano mais velho, e que deu lastro para que surgisse como editora principalmente de poesia.

Lancei a ideia de comemorar os 12 anos da editora publicando um novo Poemas Cariocas, antologia que se esgotou rapidamente, pois, como assegurou Antonio Carlos Secchin, era "a primeira antologia em que todos os poemas são bons". Isso me animou a fazer esta da mesma forma que a primeira. As antologias da Ponte de Versos, de 4 e 8 anos, seguiram o critério de escolha dos autores, porém, desta vez, retomei o meu gosto pessoal para reunir os poemas que tivessem peso e relevância, os que fossem mais conhecidos e aplaudidos.

Este ano teve um peso enorme para nós. Vimos, ao cabo de mais uma década, que a poesia continua viva e que as pessoas precisam dela no seu dia a dia. Isso é o que vemos em cada um desses eventos que acontecem pela cidade. Esta antologia não reúne todos os poetas, mas os que tive a chance de conhecer e manter próximos ao longo desses 12 anos, alguns recém-descobertos, outros, antigos companheiros da Ponte de Versos, do Corujão da Poesia, do Poesia Simplesmente, da Pelada Poética ou Te vejo na APPERJ. Impossível publicar todos, senão acabaria publicando uma antologia com 336 poetas, como fez Olga Savary na década de 1990. Minha intenção foi apenas reunir os melhores poemas desses que estão mais perto, e que não poderiam ser esquecidos ao comemorarmos doze anos de existência.

Poesia é resistência. É sobrevivência. Volto-me para a poesia à procura de respostas, pois é tudo que ela tem. Inúmeras são as histórias de quem leu um poema e descobriu a resposta para sua pergunta. Ora, eu não sei as perguntas, mas a poesia tem as respostas, seja qual for a dúvida ou a questão, só ela poderá responder.

Como aqueles que se reúnem para tocar, cantar e dançar, nos reunimos para ler e ouvir poemas, pois isso atende à necessidade básica da existência: encontrar respostas para as perguntas que nos fazemos todos os dias, e que nos acompanham a vida inteira.

Ser poeta tornou-me editora de poesia e de livros alheios. Ao publicar meus livros, descobriram que eu podia fazer isso para os outros, e assim surgiu uma vocação imprevista, apenas percebida nos meus hábitos de escrever desde pequena.

A poesia me levou aos melhores lugares e me trouxe as melhores pessoas: eu devo tudo à poesia. Devo a amizade de todos esses poetas, devo a alegria de poder ouvi-los nos eventos que acontecem semanalmente, e de ter descoberto a minha função no mundo: fazer esses livros virem a lume, pois só assim outros poderão nos ler daqui a muito tempo.

Thereza Christina Rocque da Motta
Rio de Janeiro, 1º de novembro de 2012
Apresentação de Poemas cariocas 2012, Ibis Libris, 2012.

NEVER

Never, never, never quit.
Winston Churchill

Nunca diga desta água não beberei, porque sempre haveremos de bebê-la. Onde há poesia, jorra uma fonte indescritível e bela, de onde vertem poemas inesperados. Os poemas de Delmo Fonseca, neste incrível "Never", descambam para o lado do imprevisto, o impromptu que se veste e se despe de modo imprevisível, como tudo que se desconhece. "Só acontece o que não se espera", escreveu André Breton. E "o que não se espera" é a ponta de lança da poesia que tem que nos pegar desprevenidos, como neste apanhado de poemas, em que nunca, nunca, nunca devemos desistir deles. Delmo Fonseca corta rente ao cabedal das suposições em que NEVER se torna SEMPRE.

Thereza Christina Rocque da Motta
Contracapa de never, de Delmo Fonseca, Mar de Letras, 2013.

ESCRITA LABIAL

Conheço Solange Padilha desde 1982, quando participamos do Festival das Mulheres, organizado por Ruth Escobar, em São Paulo. De lá para cá, publicou Saphographia e Dadaandaainda nas décadas de 80/90. Meticulosa, observadora e sensível, Solange elaborou, ao longo de 30 anos, estes novos poemas, reescrevendo, à exaustão, o que parecia não ter fim. Ao completar mais uma década de sua interminável meninice, Solange publica estes poemas em sua última forma, o que consumiu sete meses para virem a lume. Perfeccionista in extremis, nada a contentava, até desenhar sua própria capa – a difícil missão de dar rosto a um livro. Todo livro possui a essência de seu autor, e esta pode demorar a se revelar, até que um sonho a impulsione. Acompanhar esse processo foi tortuoso, pois um livro não caminha em linha reta. Se é da natureza das coisas serem circulares e elípticas, este Escrita labial cumpriu todas as rotações, translações e elipses possíveis, até se materializar. Um livro é um ser, não um objeto. E, por mais estranho que seja, é um ser dotado de alma e sentimento. O sentimento dos poemas é esse, de instigação, de perplexidade, de caminho reencontrado, pois, para caminhar, foram necessárias algumas correções de trajetória, feitas, uma a uma, como numa viagem intergaláctica. Solange atingiu seu objetivo: Escrita labial se completou, descrevendo um traço, uma senda sinuosa e estreita, por onde passam poucos viajantes.

Thereza Christina Rocque da Motta, poeta e editora,
Membro da Academia Brasileira de Poesia e do PEN Clube do Brasil
Texto de orelha para Escrita labial, de Solange Padilha,
Ibis Libris, 2014.

CORPO PRESENTE

Alberto Lins Caldas escreve a ranhura do poema, por onde risca a dura pedra, o esmeril, a fonte de toda força vital. O sangue percorre a pedra por onde o sulco se abre e atinge o ouvido, a sanha, a fome insaciada.

Alberto tem na pena uma haste que se lança à frente, para pinçar o fruto, trazer o medo para mais perto, aproximá-lo do olhar, desmistificá-lo, desmontá-lo e mostrá-lo simples, nu e cru, tal como ele é, sem outro viés senão ele mesmo.

A morte, a outra face da vida, é o mote que Alberto desnuda, ao perceber que o andar dos homens cruza infinitas vezes o caminho de outros homens, como estradas por toda a terra.

Os poemas de Alberto atravessam a garganta ao serem ditos, rascantes e puros, porque dizer o poema é o que resta da circunavegação dos sentidos, o que escapa da mente e sua compreensão, o que goteja do corpo pelas pontas dos dedos.

O poeta pontua pela vida como se buscasse a luz ante o paraíso e, distraído, desfizesse o ranço das feridas, na carne viva de seu senso, na altivez da humildade, na fecundidade de seus versos na alma de quem o lê.

Thereza Christina Rocque da Motta, poeta e editora.
Texto de orelha para De corpo presente, de
Alberto Lins Caldas, Ibis Libris, 2014.
Classificado entre os 20 finalistas de poesia no
Prêmio Portugal Telecom 2014.

O DOM DA PERMANÊNCIA

Os homens terão amado todas as mulheres até que a poesia tenha fim. Ela nasceu para dizer o amor, e do amor ser o mensageiro e o companheiro de todas as horas. A poesia é o alimento do coração que ama. Nada mais pode ser dito por suas palavras, senão que o amor existe e perdura, por toda a eternidade.

O poeta é seu instrumento e por ele os poemas nascem. E os que os leem sentem que a vida se divide em dois momentos: antes e depois da leitura. O poema que não provocar uma cisão entre esses dois instantes não é um bom poema, pois o poema só existe se for definitivo.

A emoção do poema não está nas palavras, mas no sentimento que elas provocam. A lapidação do poema começa nos fatos, os atos corriqueiros do dia a dia, aqueles que fazemos mecanicamente, sem pensar. Mas o poema se constrói, justamente na silenciosa urdidura dos dias e brota, sem avisar, quando está pronto.

O poema corta com suas palavras precisas o que deve ser dito agora e para sempre. Para sempre o poema trará a emoção de quando foi feito. Se isso não acontecer, não é um bom poema. A emoção original continua no poema muito tempo depois de ter sido escrito. E retorna toda vez quando é lido.

Marcia Mendes procura a poesia no seu dia a dia. E ela lhe fala através dos gestos conhecidos de toda uma vida. A vida transborda em seus poemas, excessos de si mesma, que travam uma lenta peregrinação até nossos ouvidos. O que Marcia procura, ela encontra. O que ela sente, ela diz. O que ela pensa, sofre, chora, espera, ama, ela escreve. E através dessa escrita, ela descreve o universo ao qual pertence de modo inalienável.

Sua extrema consciência de si e do outro, sua candura, sua visão humaníssima estão presentes nos poemas deste Permanência, pois é a permanência que os poemas buscam. Ela não sabe o que está fazendo o tempo todo, ninguém sabe, mas ela busca, como todos buscam entender, descobrir, desvendar e revelar naquilo que escrevem.

O poeta nunca sabe quando escreverá seu próximo poema, mas ele sempre tem de ser definitivo, como se fosse o último, como se dividisse o tempo em antes e depois dele, por ser inesquecível. Ninguém é o mesmo depois de ler um poema como esse. Nele está a fórmula da eternidade e da permanência.

Thereza Christina Rocque da Motta, poeta, editora e tradutora.
Membro da Academia Brasileira de Poesia e do Pen Clube do Brasil.
Prefácio de Permanência, de Marcia Mendes, Mar de Letras, 2014.

NOVE CRONISTAS E UMA CIDADE EM CONSTRUÇÃO

Quando li pela primeira vez a apresentação do professor Victor Hugo Adler Pereira, do Instituto de Letras da UERJ, para esta coletânea de crônicas, percebi que estava diante de uma incrível coincidência. As coincidências, para mim, servem para apontar o caminho certo. Adler menciona, ao final do texto, a íbis encravada no Pão de Açúcar, deixada como sinal dos antigos navegadores que por aqui desembarcaram muito antes dos portugueses no século XVI. E se pergunta: "Este desenho, que sobrevive a diferentes gerações, gravado na pedra, seria uma premonição dos fenícios sobre o destino desta cidade?"

A pergunta é pertinente, pois o Rio de Janeiro foi ancoradouro de vários exploradores. A íbis já estava lá, a testemunhar esses fatos históricos. E, não à toa, é justamente o símbolo que escolhi para minha editora para lançar novos autores do Rio de Janeiro desde agosto de 2000. Ao completar 16 anos, celebro com os nove cronistas, a reverência diante dos 450 anos de nossa cidade e a constante preocupação com sua história e sociedade.

Ao receber os textos destes autores, diferenciados por sua experiência e idade, entendi a importância de seus relatos. Neles, podemos nos identificar e encontrar respostas para a vida do Rio, tal como foi descrita por outros cronistas que eles estudaram na oficina de produção textual do PROALFA, um dos programas de extensão da UERJ, com a professora Maria Joana Rodrigues Colin, que, por um ano, apresentou-lhes crônicas sobre o Rio de Janeiro. Ao ver o resultado desse trabalho, decidiram publicá-lo, pois só assim poderão ganhar o mundo e leitores para seus textos.

Desejo sorte a todos eles, e agradeço a chance de participar desta publicação como editora carioca, que escolheu esse mesmo símbolo que está num dos cartões postais da cidade, entre as montanhas que emolduram o nosso Rio de Janeiro, destino de tantos brasileiros e estrangeiros, que continuam a aportar em nossas praias.

Rio de Janeiro, 5 de agosto de 2016

DE ÁGUA E BORBOLETAS

Escrever é um ato de resolução. Ninguém escreve à toa. Tudo o que pensamos vem em forma de sentimento e palavra e, para entender essa ponte, escrevemos.

Marisa Rodrigues faz isso de modo sintomático e obsessivo – sim, há que existir obsessão na escrita – e tudo o que ela diz é maior que ela. Os poemas em prosa ou prosas fluidas nascem aos borbotões para tentar aplacar o que vem primeiro, o sentimento ou a palavra e com isso falar de sua história, revolta, nascimento, feminilidade, vontade, livramento.

Marisa adverte quem lê porque poeta ou não a poesia a transforma. Ela fere de morte os que permeiam seus versos à procura de candura e encontram lacerações. A alma sangra e esse sangramento é palavra.

Urbe et orbi devemos saber que a poesia tem uma função dupla: a de ser escrita e de escrever quem a escreve. E de escrever quem a lê. O poema gruda na retina e de lá não sai. Para sempre a emoção da leitura vai ficar no leitor que não se livrará do poema mesmo que não o lembre. Poesia é transcendental e persecutória. Vive enquanto nos lembrarmos dela.

Os poemas de Marisa Rodrigues neste Água para borboletas catalisam os sentimentos e torna-os claros. Legíveis. Vivos. Como a ranhura dos dentes e a cicatriz da infância. Perceptível e presente.

Thereza Christina Rocque da Motta
Rio de Janeiro, 6 de maio de 2017
Prefácio para Água para borboletas,
de Marisa Sevilha Rodrigues, Prato de Cerejas, 2018.

RETAS OBLÍQUAS

TUDO começa aqui. A divisão do neoconcreto constrói a luz do poema. Traçamos uma reta ascendente em direção às palavras. As palavras escutam e tudo é poesia. "Me permita ser um pouco abstrata", diz Roberta Lahmeyer, porque de concreta basta a vida. "A arte existe porque a vida não basta", disse Ferreira Gullar. Por causa dos poetas, descobrimos planos ainda não visitados por aqueles que vivem sem poesia no seu dia a dia.

Olhar faz parte da descoberta poética, transpor para a palavra tudo o que é estranho. Escrevemos para descobrir. Não para dizer. Escrevemos para descrever a órbita do planeta. Tudo é oval, senoide, eclipsar. Roberta olha de novo e desvê. A mesma forma serve para todos os tecidos: "...a poesia atravessa a matéria e ilumina certos subterrâneos". Entendi porque li, li porque vi, vi porque encontrei, encontrei porque busquei. Os olhos estão no presente e no futuro, a poeta espera o céu descer sobre sua cabeça "a dez centímetros".

TUDO em poesia tem que ser uma descoberta. Como ler pela primeira vez. Como ver pela primeira vez num poema algo que não estava lá, mas está em alguma parte do ser. Dizer, redizer, desdizer, subentender o possível. Caminhamos. Caminhamos para nos tornar. Seremos o que nos transformamos. Todo livro de poesia é um jardim concreto de "pensamentos abstratos". Observamos o essencial (invisível para os olhos). Só se vê bem com poesia. Retas e sombras oblíquas. Desvãos.

Poesia é exílio. É partida e chegada. Ver. Subverter. Onde o Eu míngua, há Você. Onde há corpos, há estar. O tempo gera a espera. Somos hoje o que há muito buscávamos ser. A luz que irradia da poesia ilumina o desfiar de palavras que se perfilam ao longo do livro em linhas oblíquas. Não só as palavras se suspendem como voltam ao ponto de partida. As palavras vão e voltam. A poesia vai e volta e se esconde no pensamento de onde não sai mais.

Thereza Christina Rocque da Motta, poeta, tradutora e editora.
Membro da Academia Brasileira de Poesia e do Pen Clube do Brasil.
Texto de orelha para Retas oblíquas, de Roberta Lahmeyer,
Ibis Libris, 2018.

Acabou-se de imprimir
A vida dos livros, vol. 2,
em 18 de agosto de 2018,
na cidade de Cotia,
nas oficinas da MetaBrasil,
em comemoração aos 18 anos
da Ibis Libris Editora.